나는 가짜
엄택주
입니다

나는 가짜 엄택주 입니다

설흔 지음

주니어김영사

# 차례

전설 ································· 6

앞은 눈으로, 뒤는 생각으로 ··········· 13

부모 ································· 31

군자란 무엇인가 ····················· 37

선생 ································· 54

단점과 장점 ························· 60

이론과 실천 ························· 75

사랑보다는 강물에 빠지세요 ··········· 83

노비는 왜 세습되는가 ················· 99

누가 선한 사람인가 ················· 106

양반이 사랑하는 노비의 삶 ──────── 120

원수를 부리는 법 ──────── 125

양반은 신경 쓰지 않는 노비의 삶 ──────── 140

측은히 여기는 순수한 마음 ──────── 144

올빼미와 한 편의 이야기와 몇 편의 시와 귓속말 ── 174

일의 밑바닥에 흐르는 이치 ──────── 182

녹림당의 신화 ──────── 193

구름 위에 누워 하늘을 나는 법 ──────── 197

내 이름 ──────── 210

작가의 말을 대신하여 ──────── 214

# 전설

꿈속에서 나는 늘 전설의 재상 반석평입니다.

꿈은 항상 똑같은 장면으로 시작합니다. 내 주인인 늙은 재상이 밤 잠 같은 낮잠을 즐기는 사이를 틈타 살금살금 사랑채를 빠져나온 나는 외양간 앞에 쭈그려 앉습니다. 소똥과 두엄 더미 냄새가 지독한 곳, 파리 떼가 제 영역이라고 주장하며 날개를 활짝 펴고 기세등등하게 시위하는 그 더럽고 외진 곳에서 나는 앞뒤 표지가 사라진 반 쪼가리 《논어》 책을 쫙 하고 요란하게 펼칩니다. "지지위지지, 부지위부지, 시지야." 하고 진양조장단에 맞춰 천천히 읽은 뒤, "아, 좋다." 하고 거만한 평을 답니다. "독악락여중, 악락숙락." 하고 자진모리장단에 맞춰 주문을 외듯 빠르게 읽은 뒤에는 "그렇지, 그렇지." 하는 감탄사를 답니다. 눈곱이 낀 늙은 암소의 무심한 눈을 보며 서너 번 고개를 끄덕이고는 쇠뿔도 단 김에 뽑을 듯 역발산의 기세를 살려 곧바로 책을 노려봅니다. 보기만 하면 저절로 뜻을 깨닫기라도 할 것처럼 두 눈에 잔뜩 힘을 주곤 책에서 눈을 떼지 않습니다.

잠자코 있던 소가 기척을 내는가 싶더니 느닷없이 길게 우는 소리가 들리고 곧이어 "거기서 뭐 하느냐!" 하는 낮고 굵은, 익숙해서 더 무서운 목소리가 들립니다. 갑작스러운 재상의 등장에 놀란 나는 서둘러 일어나려다 재주넘는 광대가 되어 앞으로 꼬꾸라집니다. 바지에 묻은 진흙도 털지 못하고 후다닥 일어난 나를 보며 재상이 눈을 부릅뜨고 다그칩니다.

"네가 읽은 문장의 뜻을 설명해 보아라."

내 얼굴이 금세 시뻘건 노을빛으로 변합니다. 일이 더 커지기 전에 고백해야겠습니다. 사실 나는 눈뜬장님입니다. 지지위지지니 독악락이니 하는 건 빗자루를 들고 사랑채 앞을 오가다 주워들은 것입니다. 재상의 아들과 조카가 지지위지지 혹은 독악락으로 시작하는 문장을 하도 자주 읊기에 나도 모르게 외워 버린 것입니다. 그러니까 나는 들은 문장을 뜻도 모르고 노래처럼 흥얼거리기만 하는, 서당 개 이 년 차만큼의 빈약한 풍월만 지닌 셈입니다.

재상이 쯧쯧 혀를 차곤 묻습니다.

"부끄러우냐?"

갑자기 어린애처럼 눈물이 주르륵 흐릅니다. 나는 소맷부리로 눈을 대강 훔치고 머리를 푹 숙입니다. 그러곤 간신히 모깃소리로 대답합니다.

"부끄럽습니다. 두 눈 멀쩡히 다 뜨고 있는데 책 한 줄도 못 읽는 게 정말 부끄럽습니다."

재상이 숙인 내 머리를 썩은 대나무 감별하듯 손가락으로 툭툭 건 드리며 말합니다.

"네 말이 맞다. 그건 부끄러운 일이지. 부끄러운 게 뭔지 알고 있으니 네놈에게는 시험 삼아 글을 좀 가르쳐 봐도 되겠다. 내일 밤부터 사랑채로 와라."

야단에 곧바로 이어진 뜻밖의 호의에 놀라 "아, 그게, 그래서…… 네, 알겠습니다." 하고 두서없이 대답하는 나를 보고 재상은 낮게 한숨을 쉽니다.

"딱 한 가지만 가르쳐 주고 가마. 지지위지지 부지위부지 시지야(知之謂知之 不知謂不知 是知也), 아는 것을 안다고 하고 모르는 것을 모른다고 하는 것이야말로 참된 앎이라는 뜻이다. 네놈이 들고 있는 《논어》에 나오는 참 좋은 문장이지."

파리 떼를 쫓기 위해 손을 휘젓고 고개를 저으며 돌아서는 재상에게 미친놈 소리를 들을 각오로 감히 묻습니다.

"독악락여중 악락숙락, 그건 도대체 무슨 뜻입니까?"

"이놈아, 외우려면 제대로 외워야. 독악락 여중악락 숙락(獨樂樂 與衆樂樂 孰樂), 혼자서 풍류를 즐기는 것과 여럿이 즐기는 것 중 어느 쪽이 더 즐거우냐는 뜻이다. 《맹자》에 나오는 문장이지."

기왕 시작한 질문입니다. 생각보다 친절한 답변에 용기를 얻은 나는 기회는 지금뿐이라고 믿고 더 큰 목소리로 묻습니다.

"유독 이 두 문장이 자주 들리는 이유는 그만큼 중요하기 때문입니까?"

재상은 아무 말도 못 들은 사람처럼 꼼짝하지 않다가 갑자기 돌아서서는 내 머리에 알밤을 한 대 먹입니다.

"딴짓을 좋아하는 놈들이 만들어 낸 실없는 농지거리다. 제비는 《논어》를 공부하느라 지지위지지 하고 울고, 개구리는 《맹자》를 좋아해서 독악락 여중악락 하고 운다고 하지. 내 아들과 조카 놈이 그 두 문장만 죽어라 읊어 대는 건, 두 놈이 하라는 공부는 안 하고 한심한 농담만 주고받으며 귀중한 시간을 물처럼 바닥에 쏟아 버리고 있기 때문이다. 한마디로 제비와 개구리보다 못한 놈들이지. 너도 그 두 놈처럼 아무짝에도 쓸모없는 인간이 되고 싶으냐?"

나는 죽으면 죽었지 그 두 놈처럼 되고 싶지는 않습니다. 주제를 아는 까닭에 많이 바라지도 않지만 그래도 그저 조금이라도 쓸모 있는 인간이 되고 싶습니다. 그래서 주경야독의 미담을 현실로 구현하는 작업에 돌입합니다. 낮에는 죽어라 일하고, 밤에는 재상에게 죽기 전까지 회초리를 맞아 가며 글을 배우고, 그렇게 어렵게 배운 글을 새벽까지 읽고 졸고 또 읽고 졸고 또 읽습니다. 시작은 미약해도 끝은 창대했습니다. 첫 한 주 동안 고전한 나는 심기일전하여 한 달 만에 《논어》를 다 떼고 두 달 만에 《맹자》를 다 떼고 석 달 만에 《시경》과 《서경》도 다 뗍니다. 공부를 시작한 지 딱 백일이 되던 날 밤 재상이

고급 한시 작법을 가르치다 말고 난생처음 듣는 엉뚱한 말을 합니다.

"네놈이 내 아들이었으면 얼마나 좋았을까?"

적당히 받아치기에도 난감한 말이라 아무 말도 못 하고 가만히 있는데 재상은 또 다른 엉뚱한 말을 합니다.

"이제 공부는 그만하자. 그리고 너는 내일부터는 이 진사의 아들이다. 알겠느냐?"

도성 밖 여우가 뛰노는 한적한 고을에서 은둔하듯 사는 이 진사는 재상의 가까운 벗입니다. 머리가 희끗하고 가끔 정신 나간 소리를 하는 백수광부를 닮은 이 진사가 왜 내일부터 내 아버지가 되는 건가요? 무슨 말인지 도통 알 수가 없어서 토끼처럼 눈만 말똥말똥하는 내게 재상은 당부로도 들리고 금지로도 들리는 요상한 말을 합니다.

"앞으로는 이 진사의 아들로만 살도록 해라. 너는 이 집에 살았던 적이 단 한 번도 없는 사람이라는 뜻이다. 나는 너를 모른다는 뜻이다. 너는 이 집 근처에 와서도 안 되며, 혹시 길에서 이 집 사람을 우연히 만나더라도 절대로 아는 체해서는 안 된다. 이 약속은 네 목에 칼이 들어와도 꼭 지켜야 한다. 알겠느냐?"

꿈속에서 눈을 한 번 감았다 뜨니 어느새 이 진사의 집입니다. 눈 깜짝할 사이 벼락 양반이 된 나는 번거롭고 힘든 주경야독은 단번에 때려치우고 주독야독, 아침부터 밤까지 방 안에서 앉았다 섰다 누웠다 혹은 좌로 구르며 우로 구르며 하루 종일 책만 읽습니다. 천생 양반인 나는 소과, 대과에 장원 급제하고 입신양명해서 쑥쑥 앞으로 나아가 마침내 임금 아래 최고 자리인 정승에 오릅니다.

아, 정승이라는 멋들어진 이름도 좋지만 살살 흔들리는 초헌을 타고 거리를 지나는 것 또한 참 좋은 일입니다. 살랑살랑 아첨하듯 귓불에 부는 꽃바람이 하도 좋아서 예전에 눈뜬장님일 때처럼 아 좋다, 소리를 내곤 가늘게 뜬 눈으로 거리 풍경을 감상하는데 거덜의 권마성에 놀라 피맛길로 들어가는 이의 옆모습이 어딘가 눈에 익습니다. 다른 건 몰라도 눈썰미 하나는 타고난 나는 잠시 고민합니다. 못 보았으면 좋았을 것을 본 나는 이제는 고인이 된 재상의 말, 약속을 꼭꼭 지키라던 그 당부 혹은 금지를 떠올리며 잠깐 고민합니다. 고민은 길지 않습니다. 죽은 재상에게는 내 행동을 저지할 힘이 없습니다.

나는 초헌을 멈추게 한 후 허름한 복장을 한 그 사람에게 달려가 등을 톡 건드립니다. 그 사람이 뒤돌아 나를 보자마자 진흙탕 길에 무릎을 꿇고 절을 올립니다. 그 사람도 놀라고 갑작스러운 정승의 호들갑에 무슨 일인가 싶어 눈 크게 뜨고 입 벌리고 코 벌름거리며 살금살금 모여든 이들도 놀랍니다. 그 와중에도 자기보다 나를 더 걱정하는, 재상의 아들이었던 착하나 어리석은 그 사람에게 나는 다 괜찮다고 말하곤 눈을 한 번 감았다 뜹니다.

이제 나는 궁궐에 있습니다. 나는 임금 앞에 바짝 엎드려 악랄한 내 정체와 죽기 전 마지막 바람을 밝힙니다. 모두를 속이고 뻔뻔하게 살아와 죽을죄를 진 노비에게 일국의 정승 자리는 당치도 않으니 삭탈관직과 저잣거리에서의 효수는 당연히 감수하겠습니다. 다만 바라는 것은 부정하게 얻은 내 관직을 주인의 아들에게 주는 것인데, 왜냐하면 그렇게 하지 않고는 저승에서 주인 얼굴을 뵐 면목이 없기 때문이라고 울먹이며 말합니다. 노비는 성공했고 주인은 몰락했으니 이는 제 자리에서 각자의 본분을 다하라는 하늘의 명령에도 전혀 맞지 않는다고 울먹이며 피를 토하며 말합니다.

죽음까지 각오한 내게, 아니 이미 받아들인 내게, 임금은 뜻밖에도 칭찬의 말을 합니다. 노비가 정승이 된 것도 대단한데 과거의 은혜까지 잊지 않으니 대단, 대단, 대단하다고 극찬합니다. 사람이 있고 법이 있는 것이지 법이 있고 사람이 있는 것은 아니니 그깟 인정머리 없는 법 따위에 신경 쓰지 말고 정승의 일만 열심히 하라고 말합니다. 의인인 주인의 아들에게는 그에게 합당한 관직을 줄 것이니 걱정은 하지도 말라고 말합니다. 따뜻하고 예측 불가했던 일장 연설을 마친 임금은 용상에서 내려와 내 손을 꼭 잡습니다. 그 손이 하도 크고 따뜻해 눈물이 심장에서부터 곧장 치솟습니다. 그 아름답고 경이로운 순간 나는 늘 잠에서 깨어납니다.

꿈속에서 나는 늘 전설의 노비 출신 재상 반석평입니다. 잠에서 막 깬 내 눈에는 항상 피눈물이 그득 고여 있습니다. 내 첫 일과는 눈물을 훔치는 일입니다. 나는 고개를 흔들어 남은 눈물방울을 바닥에 떨어뜨린 후 빗자루를 드는 것으로 노비의 긴 하루를 시작합니다.

# 앞은 눈으로, 뒤는 생각으로

바지랑대처럼 꼿꼿하고 비쩍 마른 사내가 힘겹게 팔을 휘적거리며 대낮의 산길을 홀로 걷습니다. 걷는 것도 몹시 힘겨워 보이는 그 사람은 홍문관 부교리 한정효입니다. 내내 혼자였던 것은 아닙니다. 현대의 확률 이론은 말하지요. 명문가의 후손인 그가 겨우내 쌓였던 눈도 아직 다 녹지 않은 산길을 종놈 하나 없이 독립독보 할 가능성은 제로에 가깝다고요. 확률 이론의 단언대로 한정효는 불과 오 분 전까지 뜨듯한 말 등을 안식처로 삼아 여행했습니다. 늙은 말구종이 고삐를 잡고 이끌었고, 열세 살 먹은 시동이 보따리를 들고 메고 뒤를 따랐습니다. 그렇다면 우리가 할 일은 명확하지요. 오 분 전에 무슨 일이 일어났는지를 확인하면 그만이니까요.

역사 드라마를 즐겨 보는 당신의 머릿속에는 도적 떼라는 단어가 가장 먼저 떠올랐을 것입니다. 활빈당이니 불한당이니 하는 겁나게 활기찬 이름을 머리띠에 새긴 무리들이, 테마 파크의 캐릭터 인형들이 퍼레이드를 하듯 무리지어 짜잔 하고 출몰해서는 경고 멘트도 없이 어깨에 칼침부터 놓던 시절이었으니 꽤 그럴 법한 연상이기는 합니다.

그러나 똑똑한 당신이 간과한 게 한 가지 있습니다. 한정효는 험준한 산길이 아니라 완만한 언덕길을 지나고 있었지요. 언덕길 치곤 꽤 넓은 편이고 게다가 A현으로 들어갈 수 있는 유일무이한 길이어서 오가는 이들이 제법 되었다는 부가 정보까지 확인하고 나면 도적 떼 얘기는 설 자리가 없다는 말입니다. 그래도 드라마, 소설, 역사책 운운하며 미련을 버리지 못하는 당신을 위해 오후 두 시를 갓 지나 온몸이 나른해지는 시각이라는 점 또한 함께 밝히고 싶습니다. 요약하자면 제아무리 배짱 두둑한 조선의 도적 떼라도 "이런 제길, 지금은 도저히 안 되겠네." 하고 미련 없이 돌아설 수밖에 없는 지나치게 밝고 따뜻하고 개방적인 환경이라는 뜻입니다.

내 논리적인 반박에 마땅한 대안을 찾지 못하고 "그럼 도대체 뭐야?" 하고 속으로 중얼거리며 무거운 머리만 이리저리 굴리는 당신이 안쓰러워 넌지시 꿀 바른 조언 한 덩이를 건넵니다. 답은 홍문관 부교리 한정효를 운운하며 시작했던 문장 속에 들어 있습니다. 무슨 말인가 하면 한정효는 홍문관 부교리이기도 하고 아니기도 하다는 것입니다.

한정효가 종오품 홍문관 부교리인 건 틀림없는 사실입니다. 하지만 그는 A현으로 향하는 장도에 오르기 사흘 전에 사직서를 냈습니다.

임금은 늘 그러했듯 사직서를 반려했고, 한정효는 선배 관료들이 늘 그러했듯 빛의 속도로 다시 사직서를 내밀었지요. 관료들의 요상한 똥고집을 그 누구보다 잘 아는 임금은 절충안을 제시했습니다.

"쉬다가 와라."

그러니까 한정효는 일종의 유급 휴가를 얻은 셈입니다. 이쯤 되면 성미 급한 당신은 한 마디 하지 않고는 도저히 못 배기겠지요. 휴가 중이건 뭐건 간에 한정효란 작자는 여전히 홍문관 부교리 아니냐는 꽤 당연하게 들리는 반론 말입니다. 그러나 세상일은 그렇게 간단하지가 않습니다. 그 이면의 이야기가 이 정도였다면 부교리이기도 하고 아니기도 하다는 비논리적인 문장은 애초에 쓰지도 않았을 것입니다. 그렇게 쓴 건 실제로 그렇기 때문입니다! 실은 후자 쪽에 훨씬 더 가깝다는 말입니다!

임금이 하사한 유급 휴가 증명서를 품에 안고 나온 한정효를 맞이한 이는 정오품 홍문관 교리 이성이었지요. 직속상관이기 이전에 오랜 벗이기도 한 이성은 수고했다며 한정효의 등을 탁탁 두드린 후 전령처럼 낭랑한 목소리로 영의정의 말을 전했습니다.

"쉬다가 와라."

표면적으로는 임금이 한 말과 똑같았습니다. 하지만 한정효가 느끼는 말의 무게는 하늘과 땅 차이였습니다. 임금의 말은 겉과 속이 똑같았으나, 그러니까 말 그대로 쉬다가 다시 오라는 것이었으나 노론 청명당 영수인 영의정의 말은 그 속뜻이 사뭇 달랐던 것이지요. 쉬다가 오라는 건 오라고 할 때까지 쉬라는 것, 즉 당의 허락 없이는 하늘에 구멍이 뚫려도 땅이 두 쪽으로 갈라져도 절대로 홍문관 부교리 직에 복귀할 수 없다는 의미였으니까요. 당과 협의하지 않고 함부로 글을 썼고 그 글이 불러온 적지 않은 파장에 대해 근신하며 책임을 지라는 의미였으니까요. 이성이 사용한 용어는 근신이었으나 실은 퇴출 내지 유배의 의미에 더 가깝다는 건 이성도 알고 한정효도 알았지요. 갑작스럽게 등장한 한정효의 근신 내지 퇴출 내지 유배에 대해서는 손톱만큼의 관심도 없을 당신의 머릿속에서 자연스럽게 이어지는 의문 하나.

사흘 전, 아니 이틀 하고도 반나절 전에 일어난 그 일과 한정효가 오 분 전에 말에서 내린 일 사이에는 도대체 어떤 연관 관계가 있습니까?

답은 이렇습니다. 오 분 전, A현의 관아가 희미하게나마 모습을 드러내기 시작하자 한정효는 지난밤 꾸었던 괴이한 꿈을 다시 한 번 떠올렸고, 그러다 보니 어쩔 수 없이 자신에게 일어났던 사건을 머리에 담게 되었지요. 그런데 그 사건 전반에 대한 찬찬한 되새김이 미루고 미루었던, 혹은 참고 또 참았던 열불을 드디어 푹 익은 감 터지듯 팍 터지게 만들었다는 이야기입니다.

요약하자면 부당한 처벌을 받았음에도 쥐도 지른다는 찍 소리 한 마디 못 하고 일방적으로 떠밀리기만 한 것이 억울해서, 또한 갑자기 터진 열불에 집중하느라 자기가 어디 있는지도 모르고 버럭 소리를 질러 말구종과 시동 같은 천한 이들에게 있는 속, 없는 속 다 털어 내 보인 게 부끄럽고 후회스럽고 민망해서, 그렇다고 그들에게 "아, 미안." 하고 넉살 좋게 웃으며 사과할 수도 없는 일이니, 슬쩍 머리 쳐들고 천기를 살피는 척하며 혼자서 후회 또 후회하다가 결국 날도 좋으니 걸으며 생각 좀 하련다는 딱 양반 같은 같잖은 핑계를 대고 혼자 걷는 길을 택했다는 그렇고 그런 이야기인 것입니다.

방향도 없이 좌충우돌하며 불어오는 매운 살바람에 밀려 잔뜩 몸을 움츠리고 느릿느릿 힘겹게 걷던 한정효는 언덕마루에서 잠시 걸음을 멈춥니다. 마루라는 단어가 민망하게 느껴지는 낮은 높이와 경사를 감안한다면 경관은 꽤 뛰어난 편입니다. 평원에 자리한 A현의 모습이 한눈에 들어옵니다. 수십 채의 건물 중 가장 눈에 띄는 것은 역시 관아이지요. 밀집된 건물의 규모와 크기 그리고 중심부에 자리한 위치적 요인 때문이겠지만 한정효의 마음이 이미 관아에 가 있기 때문이라는 심리적인 영향 또한 무시할 수 없습니다.

이 글이 추리 소설도 아닌 데다가 미룰 것도 감출 것도 없는 명명백백한 사안이니 말 나온 김에 확실히 밝히고 넘어가기로 합시다. 사실 한정효는 큰형을 만나기 위해 별다른 연고도 없는 A현을 찾은 것입니다. 큰형은 도대체 어떤 인간이냐고요? 평생을 놀고먹던 이복형 한승효는 나이 오십인 작년 오 월에 음서로 A현 현감에 제수되었습니다(당신은 내가 한정효에 대한 중요한 힌트를 성동격서 격으로 제공하고 있음을 깨달았을 것입니다. 이 힌트를 바탕으로 한정효는 음서 출신이 아니라 대과 급제자일 것이며, 형과의 나이 차이 또한 적어도 십여 세 이상 되리라는 점을 추측해 보는 것은 전적으로 당신의 자유랍니다).

음서 출신에게 첫 관직으로 현감 자리를 내준 것은 꽤 파격적인 일이었습니다. 게다가 위치적 여건(서울에서 말 타고 서너 시간이면 도착할 수 있는)과 풍부한 물산, 거기에 양반들의 영향력이 강한 다른 현에 비하면 아전들이 그다지 힘을 쓰지 못하는 지역이라는 강점 때문에 현역 관료들도 선호하던 곳이 바로 A현이었지요. 사안의 중요성을 감안할 때 한승효는 한동안 구설수를 피할 수 없을 것으로 보였으나 그건 기우에 지나지 않았습니다. 소론 쪽에서는 웬일인지 입도 뻥긋하지 않았고 남인 쪽에서도 탕평의 기본 원칙에 어긋난다는 형식적인 반대 상소 한 번으로 일을 조용히 마무리 지었거든요.

당신이 그 이유를 묻는다면 한승효의 실력과 인품 덕분이었다고 간단하게 요약하여 답하고 싶습니다. 한승효는 실력과 인품 모두에 어리석다는 단어를 골라 쓸 수 있는 당대의 몇 안 되는 인물 중 한 명이었으니까요. 물론 여기서 '어리석다'는 표현은 욕이 아닌 칭찬입니다. 한승효는 동년배 중 단연 돋보이는 뛰어난 실력을 갖추었음에도 과거에 응시도 하지 않을 만큼 어리석었고, 거리에서 마주친 걸인을 보고 한숨짓다가 가진 돈을 다 털어 준 적이 한두 번도 아닌 다반사여서 '한승효 돈 퍼 주기'라는 유행어가 도성 안에 떠돌았을 만큼 어리석었습니다. 게다가 노론 청명당 소속이면서도 청과 명을 아예 입에 담지도 않는 이였으니(해병대에 자원입대했으면서도 군대 이야기는 입도 빵긋하지 않는 사람이 얼마나 드문지를 생각해 보면 되겠습니다) 그의 고결한 생활 방식에 대해 호감을 지녔던 청명 당원들은 물론이고 다른 당의 열혈 당원들 또한 그를 반대할 명분을 찾으려야 찾을 수도 없었던 것입니다.

그런데 말입니다, 세간에는 알려지지 않았으나 실은 한승효의 부임을 두 손 들어 반대한 이가 한 명 있었답니다. 그 사람은 바로 한정효입니다. 왜냐고요? 그가 문제 삼은 것은 형의 독보적인 어리석음이었습니다. 한정효는 형의 어리석음을 세상 그 누구보다 아끼고 사랑했습니다. 눈칫밥을 아예 주식으로 삼는 관료 생활에 회의를 느낄 때마다 형을 찾았고, 형의 비현실적인 어리석음을 보며 위로 받았습니다. 그 어리석고 늙은 형이 지천명의 나이에 관료 생활을 시작하려는 것입니다. 여우같고 늑대 같은 무리들이 먹잇감을 노리며 편의점 직원이라도 되는 양 스물네 시간 눈을 부릅뜨고 대기하고 있는 현의 수장 자리로 가려는 것입니다. 여우와 늑대에게 예의범절이란 없습니다. 생존과 번식의 대가들인 그들에게 어리석음이란 그저 맛난 먹이일 뿐이거든요. 우애를 가득 담아 진심으로 사직을 요청하는 그에게 형은 뭐라고 했을까요? 형은 그저 웃었을 뿐이었습니다. 아, 한 마디 하기는 했습니다. 놀러 오라고요. 거친 밥에 씀바귀나물도 괜찮거든 놀러 오라고요.

갑작스레 더 거세진 바람에 고개를 신경질적으로 흔들던 한정효는 말 한 마리가 천천히 다가오는 소리를 듣고서야 비로소 경망스러운 동작을 멈춥니다. 돌아보니 검은 말을 탄 이는 양반입니다. 그냥 양반도 아니고 뼛속 깊이 양반입니다. 우리는 무엇보다도 한정효의 탁월한 감식안을 칭찬하지 않을 수가 없답니다. 무슨 말인가 하면 한정효가 만난 상대는 감별 내지 감식을 어렵게 만드는 특징을 하나가 아니라 여럿 지니고 있었기 때문입니다. 거칠게 비유하자면 몰락한 양반으로 변장한 이몽룡 꼴이었다고나 할까요? 아, 참신한 비유이지만 아쉽게도 정확한 표현은 아닙니다. 이몽룡은 성춘향이 첫눈에 반할 정도로 얼굴이 매끈했지만 이 사람은 그렇지가 않았거든요. 얼굴색은 검었고, 수염은 빛이 바랬고, 왼쪽 뺨엔 갓난아기 새끼손가락만 한 상처 자국이 있었습니다. 고삐를 잡은 얼굴보다 더 검은 손엔 굵은 핏줄이 붉거졌고, 살짝 내민 턱은 강철보다 단단해 보였습니다. 한정효는 말에서 내려 정중하게 읍을 하는 이 사람을 보고 크게 놀랐습니다. 그건 한정효가 생각한 육체의 크기보다 실제의 크기가 훨씬 작았기 때문입니다. 그렇다고 한정효가 느꼈던 위압감이 줄어든 것은 아니었지요. 천천히 허리를 숙여 인사하는 동작 하나만으로도 한정효는 자신의 감별이 그릇되지 않았다는 사실을 알았으며, 이 낯선 이가 밟아온 관료 생활의 이력 또한 자신의 두세 배는 족히 되리라는 확신 또한 가지게 되었습니다.

한정효는 이제 우리에게 익숙한 그 문제의 홍문관 부교리로 시작하는 문장으로 자신을 소개했습니다. 물론 한정효는 홍문관 부교리의 호칭에 얽힌 복잡한 사정에 대해서는 한 번도 언급하지 않았습니다. 대신 자신의 이력과 가계를 곶감처럼 주렁주렁 매달았습니다. 낯선 지명과 인명, 용어 들이 수시로 튀어나와 당신에겐 꽤 지루한 이야기가 될 터이므로 세 가지 정도로 간략하게 정리해 보겠습니다.

첫째, 한정효는 경신년(1740년 정도로 생각하면 되겠습니다)에 치러진 증광시 갑과에서 장원으로 급제한 뒤 정육품 성균관 전적으로 관료 생활을 시작했습니다.

둘째, 한정효의 아버지는 승지, 증조부는 우찬성을 지냈습니다.

셋째, 큰형은 A현의 현감으로 재직 중입니다.

시대 배경이 고색창연 혹은 고리타분에 가까운 조선임을 감안해도 이런 식의 장황한 자기소개가 일반적이지는 않았을 것입니다. 우리 조상의 속성도 우리와는 별로 다르지 않았을 테니까요. 어차피 알 만한 이들은 다 알고 있었을 내용이고 모를 만한 이들에겐 전혀 필요하지 않은 정보입니다. 게다가 노상입니다. 노상방뇨도 문제이지만 노상에서 길 막고 하는 자화자찬도 심각한 꼴불견입니다. 그렇다고 행여 이 한심한 자기 자랑 하나만으로 한정효라는 인간에 대해 속단하지는 말기를.

변호를 좀 해 보자면 한정효의 성향이 원래부터 이랬던 것은 아니었습니다. 사실 한정효는 가끔씩 열정을 이기지 못해 독단적으로 행동하는 경향을 보이기는 해도 전반적으로는 예의 바르고 진중한 쪽에 훨씬 더 가까웠습니다. 그렇다면 노상에서 벌인 느닷없는 자기 자랑, 가문 자랑은 도대체 어떻게 설명할 수 있을까요? 앞서의 '오 분전 상황'을 다시 한 번 가져올 수밖에 없습니다. 지난밤 꿈과 열불 그리고 그 둘의 근본 원인이라 할 상소의 건을 죄다 호출할 수밖에 없습니다. 거기에 더해 여태 이름도 밝히지 않은 이 사람의 기이하나 위압적인 존재감까지 언급하지 않을 도리가 없습니다. 한정효의 신경증적인 장황한 자기소개에 이 사람은 어떻게 대응했을까요? 표정은 온화했고 대답은 짧았습니다.

"난 엄택주라고 하오."

이제 당신은 어느새 이 글의 주인공처럼 되어 버린 한정효가 겨우 이름만 알게 된 낯선 상대에게 느닷없이 지난밤의 꿈을 고백하는 장면을 읽게 될 것입니다. 장황한 자기 자랑, 가문 자랑에 이은 바바리맨 뺨치는 노출증적 고백에 이 인간은 도대체 뭔가 하는 마음이 들수도 있겠습니다. 기묘한 상황이지만 우리는 한정효의 심리를 이해하려고 노력해야 합니다. 한정효는 말 그대로 길바닥에서 자신을 위협할 만한 존재감을 지닌 이를 만난 것입니다. 자기 보호 본능으로 제자랑에 가문 자랑까지 떠벌였는데 돌아온 건 한 마디뿐이었으니까요. 이력 사항은 하나도 없이 자신의 이름만을 밝힌 그 한 마디가 열 마디, 백 마디보다도 더 한정효를 부끄럽게 만들었던 것입니다! 그렇다고 뱉은 말을 주워 담을 수는 없는 법이지요. 그래서 한정효는 자신을 자기 현시욕에 미쳐 날뛰는 놈처럼 만들어 버린 배경 상황을 보다 자세히 언급함으로써 자신에 대한 왜곡된 인상을 지우려 시도했던 것입니다. 그러니 한정효에 대한 그릇된 해석을 막기 위해서라도 이제 그 꿈에 대해 이야기하지 않고 넘어갈 도리는 없겠습니다.

꿈속에서 임금은 한정효에게 상소문을 직접 읽으라고 했습니다. 떨리는 목소리로 그가 읽어 간 내용은 대략 다음과 같았습니다.

"문왕을 본받으소서. 문왕은 해가 기울도록 식사할 겨를조차 없었습니다. 오십 년 넘게 불쌍한 백성을 돌보느라 잠시도 쉬지를 않았습니다. 무일이 그 요체입니다. 하여 신은 세 글자를 올립니다. 사문왕, 문왕을 스승으로 삼으소서."

임금은 뭐라 답했을까요? 그렇게 하겠다고 했습니다. 명심 또 명심하기 위해 아예 세숫대야에 새겨 두겠다고 했습니다. 밤낮으로 읽겠다고 했습니다. 그러곤 명령 하나를 내렸습니다.

"임금더러 팡팡 논다고 말한 저 건방진 놈의 모가지를 잘라라."

명령은 신속하게 집행되었습니다. 일월오봉도 병풍 뒤에서 망나니가 닌자처럼 튀어나와 그의 목을 잘랐습니다. 싹둑 잘려진 그의 목은 그 와중에도 임금에게 예의 바르게 고개를 숙이려 애쓰며 어렵게 한마디를 내뱉었습니다.

"성은이, 성은이 망극하옵니다."

꿈을 꾸는 이유가 욕망 충족에 있다는 프로이트의 이론, 당신이 제시한 그 유식한 이론은 한정효의 경우에는 적합하지 않습니다. 무엇보다도 참형은 상소의 대가치고는 지나치니까요. 당신은 눈을 반짝이며 반론을 제기합니다. 욕망 충족은 임금 앞에서 직접 상소를 읽은 부분을 말하는 것이라고요. 참형은 욕망 충족보다는 타나토스, 즉 죽음의 본능과 관련 있는 것이라고요. 한두 마디 반론을 덧붙일 정도의 심리학적 지식을 소유하고 있기는 하나 한정효의 경거망동에 가까운 자기 자랑을 내 입으로 따끔하게 지적한 뒤라 곧바로 그의 전철을 따르고 싶지는 않습니다. 그래서 나는 당신이 잘난 체하면서도 내심 궁금해 하고 있었을, 혹은 물어볼까 봐 겁먹고 있었을 '무일', 즉 상소문의 핵심이라 할 개념에 대한 설명으로 곧장 넘어가기로 합니다. 간단히 설명할 수도 있지만 프로이트로 살짝 무너진 자존심을 팍팍 세우기 위해서라도 고대 경전인 《서경》의 절대적인 권위를 십분 이용하는 방법을 택하고 싶다, 이 말입니다.

문왕께서는 놀이와 사냥을 즐기지 않으셨습니다.
문왕께서는 허름한 옷을 마다하지 않으시고 백성을 편하게 하는 일에 전력을 다하셨습니다.
그러므로
임금께서는 구경하고 놀고 즐기고 사냥하는 데 마음을 쓰지 마십시오.
오늘은 마음껏 놀았다 하고 말할 틈이 없게 하십시오.

그래야

문왕처럼 오십 년 동안 나라를 다스리는 복을 누리실 수 있다 이 말씀입니다.

말하는 이는 주공이고, 듣는 이는 성왕입니다. 주공은 신하이고, 성왕은 임금입니다. 그럼에도 주공의 언사는 일본산 회칼처럼 날카롭기만 하지요. 모르긴 몰라도 듣는 성왕의 어깨는 축 처졌을 것이고요. 왜 이런 장면이 연출된 것일까요? 간단하답니다. 주공은 보통 신하가 아니기 때문입니다. 성왕의 아버지인 무왕의 동생이자 주나라의 정신적인 창건자인 문왕의 아들이 바로 주공이기 때문입니다. 무왕의 조카인 성왕 대신 왕위에 오를 기회가 있었음에도 불구하고 신하의 자리를 지킨 이가 바로 주공이기 때문입니다(수양대군의 사례에서 보듯 이는 결코 쉬운 일이 아닙니다. 주공이 괜히 성현으로 추앙받는 것이 아니랍니다). 성인이라 불러도 무방할 완벽한 성품을 지닌 주공이 자신의 조카인 성왕에게 전한 메시지의 핵심이 바로 무일입니다. 무슨 말인가 하면 제발 놀지 말라는 뜻입니다. 쉬지 말고 일만 하라는 뜻입니다. 그렇다면 경전에도 나와 있는 무일을 인용한 상소로 (사헌부, 사간원과 더불어 언론 삼사의 한 곳인 홍문관 소속 부교리로서의 일상적인 상소인 셈인데) 한정효가 처벌 아닌 처벌을 받은 이유는 도대체 뭘까요?

한정효가 물러간 뒤 임금이 최고급 단계석 벼루를 내던지며 진노

했다는 설이 관가에 빠르게 퍼져 나갔기 때문입니다. 이러한 '여론'과 '설'이 어느 정도의 진실을 담고 있는지 확인하는 것은 당대에도 쉽지 않은 일이었겠지만 후대인인 우리로서는 더욱 불가능합니다. 감히 추측해 보자면 근면함을 무기로 삼았던 임금이었던 만큼 놀고먹지 말라는 무일에 유독 알레르기성 반응을 보였을 수도 있습니다. 그러나 임금의 또 다른 무기는 인자함이었습니다. 자애로운 임금이 자신을 책망하는 것도 아닌 《서경》을 인용한 의례적인 상소에 발끈해 값비싼 중국산 벼루를 돌멩이 던지듯 집어던진 사건이 과연 사실일까요?

그러나 근면하고 자애로운 임금은 변덕스럽기도 했습니다. 과도한 애정과 박대를 씨실과 날씰로 짜듯 교대로 베푸는 기이한 버릇을 지니고 있기도 했습니다. 그러니 추측의 결과는 그럴 수도 있고 아닐 수도 있다는 하나마나한 결론에 도달합니다. 결국 중요한 건 노론 청명당 당수의 선택이지요. 이성에 따르면 당수인 영의정은 지체하지 않고 한정효에게 처벌을 내렸다고 합니다. 왜 그랬느냐고요? 그 당시 임금과 노론 청명당은 말하자면 불편한 동거 관계였습니다. 임금은 청명당과 살림을 차렸으면서도 별채는 소론과 남인 쪽에 내주는 방식으로 정국을 운영했습니다. 사소한 문제 하나로도 청명당과의 동거가 산산조각날 수 있는 상황이었지요. 그러므로 혹시라도 임금의 진노를 살 가능성이 있는 행동은 일절 해서는 안 되는 것이었습니다. 민감한 안건이라면 반드시 수뇌부와 협의 후에 진행해야만 하는 것이었습니다.

그런데 여기서 또 궁금한 게 하나 생깁니다. 일개 홍문관 부교리의 의례적인 상소, 달마다 올리는 그 상소가 도대체 언제부터 그렇게 중요한 안건이었나요? 답은 이렇습니다. 상소를 올릴 시점엔 하나도 중요하지 않았습니다. 설과 여론이 유포된 후엔 중요해졌습니다. 결국 한정효는 자신도 모르는 사이에 정치판의 잠재 규칙을 위반했던 셈입니다. 언론의 자유를 완벽하게 보장하기는 하나 문제가 생기면 그 책임은 신자유주의 정신 혹은 나만 잘 살면 된다는 신이기주의 정신에 따라 전적으로 당사자가 피박을 써야 한다는 그 편리한 잠재 규칙 말입니다.

몸뚱이에서 분리된 목이 과분하고 단호한 성은에 망극해 하는 소리를 들으며 한정효는 잠에서 깨어났습니다. 섬뜩한 꿈이었습니다. 대개의 꿈이 그렇듯 비현실적인 꿈이기도 했고요. 다르게 생각할 여지도 있기는 했습니다. 꿈의 전반부는 한정효가 상소문을 직접 읽은 것을 제외하면 실제로 겪었던 일과 똑같았습니다. 세숫대야에 새겨 밤낮으로 읽겠다는 임금의 말까지는 현실 그대로였다는 뜻입니다. 재수 없는 추측을 해 보자면 전반부가 일치했다는 건 후반부도 동일하게 흘러갈 가능성이 높다는 것을 뜻합니다. 전반부는 이미 일어난 일이지만 후반부는 며칠 후, 몇 달 후, 몇 년 후 실제로 일어날 일이 될 수도 있다 이겁니다. 예지몽의 사례는 손가락으로 헤아릴 수 없을 정도로 많다는 걸 우리는 잘 알고 있지요.

그래서 한정효는 목을 만졌습니다. 목은 건재했습니다. 손가락의 감촉만으로는 안심이 되지 않아 거울을 들여다보았습니다. 보였습니다. 머리와 목 그리고 가느다란 몸뚱이의 일부가 보였습니다. 그의 커다란 두 눈이 다 괜찮다며 눈웃음을 쳤습니다. 때론 개꿈이 예지몽으로 변신하려 용을 쓴다고 넉살머리 좋은 소리를 눈구멍으로 쑥 내뱉었습니다. 본 김에 코와 입과 귀도 보았습니다. 이목구비는 훌륭했습니다(예, 우리의 주인공 한정효는 잘생긴 남자였던 겁니다). 형상은 뚜렷했고 크기는 적절했습니다. 아름답다는 소리를 듣기에 한 치의 부족함도 없었습니다. 살짝 미소를 지었다가 문득 조광조의 일화를 떠올렸습니다. 용모와 안색이 뛰어났던 조광조는 거울을 볼 때마다 이 얼굴이 어찌 길상이겠는가 하고 탄식을 했다고 합니다. 미인박명의 예언은 불행히도 적중해서 조광조는 천수를 누리지 못했습니다. 그렇다고 조광조의 삶이 박복했다고 말할 수는 없지요. 죽어서 성현의 반열에 올랐으니까요.

한정효는 조광조의 삶이 무의미한 것은 아니었다고 고개를 끄덕이곤 다시 거울을 보았습니다. 그 순간 한정효는 얼어붙었습니다. 거울 속의 얼굴은 흉악했습니다. 눈동자가 없는 눈구멍 네 개, 주먹만 한 코, 살짝 벌린 입 속엔 어둠만 있었을 뿐 이가 하나도 없었습니다. 방상시와 흡사한 얼굴은 눈 한 번 깜빡이자 연기처럼 사라졌습니다. 다시 나타난 그의 아름다운 얼굴. 형상과 크기의 변화는 없었으나 더 이상 아름답게 보이지만은 않았습니다. 한정효는 거울을 뒤집었습니다. 자신이 가는 붓으로 써 놓은 글을 소리 내어 읽었습니다.

"그대의 앞은 눈으로 보고 그대의 뒤는 생각으로 살펴라."

무왕이 자신의 거울에 새겼다는, 실은 가슴에 새긴 거나 마찬가지인 그 경고의 문장을 읽으며 한정효는 결심을 했습니다. 떠나자. 떠나자. 어리석고 늙은 형에게로, 가자.


나는 앞에서 이렇게 썼지요.

'이제 당신은 한정효가 겨우 이름만 알게 된 낯선 상대에게 느닷없이 지난밤의 꿈을 고백하는 장면을 읽게 될 것입니다.'

한정효가 낯선 상대인 엄택주라고 이름을 밝힌 이에게 어느 선까지 고백했는지 나는 잘 모르겠습니다. 지난밤 꿈 전부를 고백했을 수도 있고, 꿈을 꾸게 만들었던 상소며 그 상소가 불러온 일종의 정치적 분쟁까지 언급했을 수도 있고, 조광조의 사연을 햄버거 패티처럼 슬쩍 끼어 넣었을 수도 있고, 아니면 그저 농담처럼 모가지가 달아나는 악몽을 꿨다고만 흐흐 웃으며 말했을 수도 있습니다. 내가 아는 건 한정효의 고백이 끝난 후 엄택주가 느릿한 목소리로 다음과 같이 말했다는 것뿐입니다.

"한신은 얼굴색이 누렇게 떴고, 장량은 얼굴이 꼭 요염한 여자 같았다지요."

도무지 맥락이 닿지 않는 이 대답만으로는 엄택주가 어디까지 들었는지 하나도 알 수 없다고 당신이 입술 쭉 내밀고 툴툴거려도 나로서는 막을 방법이 없습니다. 더 들은 게 없으니, 혹은 들었어도 기억나는 게 없으니 말입니다.

자, 갈 길은 먼데, 사건의 중심 혹은 시작점이라 할 A현에는 아직 도착하지도 않았는데 둘의 첫 만남에 지나치게 많은 분량을 할애한 느낌이 없지 않으니 궁금증은 좋게 말하면 열린 결말, 나쁘게 말하면 영구 미제 사건으로 남겨 두고 이제는 두 사람이 헤어지는 부분으로 곧장 넘어가야겠습니다.

짧은 말을 마친 엄택주는 골수 양반의 품격이 느껴지는 정중한 인사를 다시 한 번 선보인 후 말에 올라탑니다. 그런데 엄택주는 A현 쪽이 아닌 반대 방향, 그러니까 자신이 여태 말을 타고 왔던 방향을 택합니다. 한정효는 엄택주의 목적지가 A현일 거라고 굳게 믿었던 터라, 게다가 엄택주라는 이의 풍모와 행동이 기이하기는 해도 제법 마음에 들었던 터라 놀라는 티를 숨기지 못하며 묻습니다.

"A현으로 가시는 게 아니었습니까?"

한정효의 타당한 반문에 엄택주는 어떻게 대응했을까요? 그의 답은 이번에도 그리 길지 않았습니다.

"그러려고 했지요. 허나 그대와 이야기를 나누는 동안 A현을 보고 또 보았으니 그걸로 되었습니다."

# 부모

자리에 누워 잠들기 직전, 그 길지 않은 시간, 물리적으로는 길지 않으나 심리적으로는 꼭 그런 것도 아니어서 수량으로 표시하기에 참으로 애매한 그 시간이 내게는 하루 중 가장 행복한 시간입니다. 그래서 나는 꿈처럼 좋은 시간을 죄다 할애해서 내 부모를 상상합니다.

내 부모는 지체 높은 이들이었을 것입니다. 금전과 지성과 덕성을 다 발휘해 외아들이자 늦둥이인 나를 끔찍하게 아꼈겠지요. 그러나 마을엔 역병으로 어린 자식과 부인을 잃은 불쌍한 남자도 살았습니다. 우리 집을 지날 때마다 들리는 웃음소리에 피눈물을 뚝뚝 흘리던 그 남자는 피 냄새, 눈물 냄새를 견디다 못해 인간으로서는 절대 해서는 안 될 일을 저지릅니다. 어느 날 갑자기 사냥개처럼 우리 집 마당에 뛰어들어 나를 납치한 것입니다. 허공에 들린 나는 소리를 지르려 했지만 남자의 솥뚜껑만 한 손에 입이 막혀 컥컥대기만 하다 정신을 잃어버립니다.

깨어나 보니 나는 동굴에 있습니다. 밖은 대낮이라 환했지만 나는 박쥐가 날아다니고 다리 많은 벌레들이 기어 다니는 어두컴컴한 동굴에 있습니다. 남자는 쇠자루칼을 들고 내 앞에 버티고 서선 여기가 나의 새 집이라고 말합니다. 이 집 밖으로 한걸음이라도 나가면 가만두지 않겠다고 쇠자루칼을 살살 흔들며 으름장을 놓습니다. 나를 위협하는 사람도, 쇠자루칼도 처음 보았기에 재빨리 고개를 끄덕입니다. 남자는 내게 이 빠진 사기그릇을 내밉니다. 죽입니다. 배가 고팠던 나는 간도 안 된 멀건 보리죽을 맛있게 먹습니다. 죽 그릇을 싹싹 비운 내게 남자는 짚으로 얼기설기 엮은 물건을 던집니다. 한눈에 보기에도 엉성한 그 물건이 나의 옷이자 덮개이자 이불이라고 말합니다. 보기엔 더러운 덮개일 뿐이지만 덮고 보니 제법 따뜻해서 한결 마음을 놓는 내게 남자는 앞으로 백일이라고 말합니다. 백일 안에 내 부모가 찾아오면 나를 돌려줄 것이지만 부모가 그 안에 오지 않으면 부잣집에 노비로 팔아 버릴 것이라고 말합니다. 처음 들어보는 기이한 조건을 단 문장, 지성과 덕성 따위는 흔적도 찾아볼 수 없는 그 오만하고 무식한 문장에 나는 아무런 대꾸도 하지 못합니다.

그렇게 남자와의 기묘한 동거가 시작됩니다. 남자는 동굴 입구를 지키고 나는 안에서 남자의 검은 뒷모습만 바라보는 이상한 동거가 시작됩니다. 그 백일에 대해서는 더 말할 게 없습니다. 내가 박쥐와

벌레와 동거하며 마지막으로 센 숫자는 오십입니다. 내가 더 이상 세지 않았으므로 날은 가지 않았습니다. 해가 뜨고 달이 지고 비가 오고 바람이 불다 눈과 서리가 퍼부어도, 박쥐가 새끼를 낳고 벌레가 내 곁에 알을 낳고 그 알이 부화해도, 나의 날은 그날 이후로는 단 하루도 더 가지 않았습니다.

내 부모는 의인이었을 것입니다. 고을은 처참했습니다. 왜구가 침입해 고을을 쑥대밭으로 만들었기 때문입니다. 살아남는 길은 도망가는 것뿐이었습니다. 나룻가에서 배를 타고 멀리 떨어진 외딴섬으로 도망가는 것뿐이었습니다. 나룻가에 작은 배 한 척이 있었습니다. 그러나 작은 배는 이미 꽉 찼습니다. 우리 세 가족이 탔다간 섬에 도착하기도 전에 쑥 가라앉아 용궁으로 직행할 것만 같았습니다. 아버지는 나와 어머니를 번쩍 들어 배에 태웠습니다. 아버지는 사공을 보며 고개를 끄덕였고 배는 기다렸다는 듯 빠르게 나룻가를 떠났습니다. 내가 울부짖자 아버지는 웃으며 말했습니다. 나라가 이 모양 이 꼴이 된 건 선비의 죄이니 자신은 남아서 죗값을 치르겠다고 웃으며 말했습니다. 뒤를 쫓아온 왜구의 칼날이 아버지 목 뒤에서 번쩍거리는데도 웃으며 말했습니다. 하늘에서 번갯불이 번쩍이는 순간 어머니는 내 눈을 가렸습니다.

작은 배가 섬에 도착하자 어머니는 내 손을 꼭 잡으며 아버지 같은 의인으로 자라야 한다고 당부했습니다. 그래서 고개를 끄덕였습니다.

아버지를 보고 싶은 마음을 꼭 누르고는 어머니의 말에 고개를 끄덕였습니다. 어머니는 이제 되었으니 가라고 말했습니다. 돌아보지 말고 어서 가라고 말했습니다. 나는 어머니의 말을 잘 듣는 착한 아이입니다. 어머니가 왜 그렇게 말하는지 이유는 전혀 몰랐지만 그래도 달렸습니다. 착한 아이가 되기 위해, 말을 안 들으면 어머니도 내 곁을 떠날 것 같았기에 뒤도 돌아보지 않고 달렸습니다. 하늘에 붉은 피가 펑 소리를 내며 솟아올랐습니다. 꼭 어머니처럼 생긴 그 어여쁜 핏줄기를 보고도 나는 착한 아이가 되기 위해, 어머니와 같이 있기 위해 멈추지 않고 달렸습니다.

내 부모는 고결한 이들이었을 것입니다. 온 나라에 흉년이 들자 부모는 별 고민도 없이 곧바로 곳간을 열었습니다. 들보까지 곡식으로 가득 찼던 곳간은 며칠 안 되어 텅 비어 버렸습니다. 쥐 한 마리조차 뛰어다니지 않는 고요한 공간이 되어 버렸습니다. 곳간이 비자 노비들이 울면서 떠났습니다. 내 부모는 그들을 웃으면서 보냈지요. 한 사람도 남김없이 다 떠나 버리자 시끌벅적하고 활기찼던 집은 개미 한 마리도 살지 않는 적막한 공간으로 바뀌었습니다. 생각해 보면 조용한 집도 나쁘지는 않았습니다.

내 부모와 나는 곡식을 아껴서 먹었습니다. 하루라도 더 버티기 위해 굶주려 죽지 않을 정도로만 조금씩 먹었습니다. 그러나 사람인 이상, 입이 있고 배가 있는 이상 아주 안 먹을 수는 없었습니다. 그러다

보니 어느 날 곡식이 똑 떨어졌습니다. 뒤주엔 쌀 한 톨, 보리 한 톨 없었습니다. 그날 밤 부모는 내가 듣지 못하도록 소리 낮춰 이야기를 주고받았습니다. 그 낮은 소리는 이상한 경로로 식욕을 자극해서 내게 떡과 꿀을 상상하게 만들었습니다. 꿈속에서 떡과 꿀로 배를 채운 다음 날 아침 어머니는 막 일어난 내게 패물을 건넸습니다. 일어나자마자 꼬르륵 소리 나는 배를 만지며 아름다운 패물을 멍하니 바라보는 내게 아버지는 가라고 말했습니다. 돌아보지 말고 어서 가라고 말했습니다. 내가 가지 않자 아버지는 나를 들어 문밖에 내려놓고는 문을 잠갔습니다. 문을 두드려도 울먹여도 소리쳐도 문은 열리지 않았습니다. 그래서 나는 집을 떠났습니다. 한 손으로는 모진 부모가 준 귀한 패물을 꼭 쥐고 다른 손으로는 줄줄 흐르는 눈물을 훔치며 혼자서 집을 떠났습니다.

세상에 그런 말도 안 되는 이야기들이 어디 있냐고, 그런 무력하고 못되고 한심한 부모가 어디 있느냐고 비웃겠지요. 나도 압니다. 내 이야기들은 하나 같이 엉터리입니다. 고백하겠습니다. 사실 내 부모는 근본도 없는 연놈들이었을 것입니다. 내 아버지는 시정잡배나 무뢰한, 기껏해야 촌학구의 망나니 아들이었을 것이고, 내 어머니는 소박 맞거나 바람 난 여인네, 아니면 주인의 눈치만 보며 죽만도 못한 음식으로 하루하루 버티는 노비였을 것입니다. 사는 것도 힘든데 눈치

35

도 없이 덜컥 들어선 나를 낳자마자 길바닥에 버린 까닭이겠지요. 그래서 내겐 부모가 없는 것이겠지요. 그래서 나는 근본도 없는 일자무식 노비로 자란 것이겠지요. 그러나 떠올려 봤자 기분만 나빠지는 이이야기를 나는 썩 좋아하지 않습니다. 어차피 본 적도 없는 부모이니 내 마음대로 택하렵니다. 눕자마자 찾아오는 졸음을 참으려 허벅지와 볼을 꼬집어 가며 지체 높은 부모와 의인인 부모와 고결한 부모를 일 초라도 더 상상하기 위해 애를 쓰는 까닭입니다. 부모의 얼굴을 한 번도 본 적 없으면서 어딘가에 내 부모는 분명히 살아 있다고, 깊은 밤에도 잠 못 이루며 나를 기다리고 있다고 여기는 까닭입니다. 무엇보다도 내게는 아직 오십 일이 더 남아 있다고 어리석은 개처럼 굳게 믿으며 피곤한 눈이 감기기 전에 닭처럼 슬픈 웃음을 한 번 짓는 까닭입니다.

# 군자란 무엇인가

한정효는 현감이 된 형과 마주앉아 담소를 나눕니다. 둘 사이엔 개다리소반이 잔뜩 휜 다리로 위태롭게 음식을 바치고 있는 중입니다. 크기와 차림으로 볼 때 당신이 즐겨 쓰는 쥐코밥상이라는 귀여운 용어가 참으로 적절합니다. 형이 약속한 씀바귀나물에 배추전이 추가되었을 뿐이니까요. 오가피주마저 없었다면 한정효는 일찌감치 젓가락을 놓았을 것입니다. 하지만 형은 씀바귀나물과 배추전이 세상에서 가장 맛있는 음식이기라도 한 것처럼 쉴 새 없이 젓가락을 놀립니다. 젓가락질 경쟁으로는 도저히 형에게 이길 수 없다는 사실을 깨달은 한정효는 패배를 선언하는 대신 넌지시 비꼬는 말 하나를 날려 봅니다.

"이러다간 아예 안회의 길로 가시겠습니다."

안회는 공자의 수제자입니다. 공자 가르침의 핵심 개념이라 할 인의 정신을 가장 잘 이해하고 실천했던 혹은 실천하려고 죽어라 애썼던 이가 바로 안회입니다. 안회를 닮아간다는 것은 칭찬인데 비꼬는 말이라고 표현한 까닭은 무엇일까요? 일단사일표음(대나무로 만든 밥그릇에 담은 밥과 표주박에 든 물이라는 뜻으로, 청빈하고 소박한 생활을 이르는 말)을 떠올렸다면 당신은 교양인입니다. 가난한 안회는 한 소쿠리의 밥과 한 바가지의 물로 끼니를 때우면서도 어진 마음을 유지했으며 공부에 대한 열정을 버리지 않았다고 합니다.

그러나 한정효의 멘트는 어진 마음이나 공부에 대한 열정이 아닌 가난한 쪽에 방점이 찍혀 있습니다. 형이 제공한 소박한 밥상이 안회의 그것과 버금간다는 뜻이지요. 안회의 때 이른 죽음을 떠올렸다면 짝짝짝, 당신은 강호의 고수입니다. 공자가 편애한 안회는 안타깝게도 서른을 갓 넘긴 나이에 세상을 떠났습니다. 두 견해를 섞어서 요약하면 답이 나오지요. 즉 한정효는 씀바귀나물만 줄곧 먹다간 안회처럼 어린 나이에 골로 가는 수가 있다고 형을 놀려 댄 것입니다. 어리석고 나이 많은 형이 과연 한정효의 일석이조 같은 발언을 제대로 이해했을까요? 그랬으리라 믿습니다. 그렇지 않았다면 도무지 맥락에도 닿지 않는 말 한 마디를 새로 준비한 안주라고 슬며시 한정효의 어깨 위에 올려놓지는 않았을 테니까요.

"주나라 종묘의 쇠기둥엔 이런 문장이 새겨져 있다더라. 군자는 스스로를 낮추고 스스로 뒤에 선다는."

어리석은 형의 말 한 마디에 자기 방에 앉은 것처럼 편안했던 한정효의 자리가 가시방석으로 급변했음은 두 말할 필요도 없는 일입니다. 군자는 스스로를 낮추고 스스로 뒤에 선다는 문장은 일석이조의 측면에서 한정효의 발언보다 훨씬 급이 높았거든요. 한정효는 그 말에서 동생에 대한 준엄한 훈계를 먼저 읽었습니다. 어리석은 형은 동생이 연락도 없이 갑자기 A현에 내려온 이유를 이미 다 알고 있던 겁니다. 그랬기에 자신이 해야 할 일만을 생각하느라 일이 불러올 파장을 고려하지 않고 앞만 보고 행동한 한정효의 경솔함을 우회적으로 슬며시 책망한 것입니다. 한정효는 수령의 행동거지를 그다음으로 읽었습니다. 사람인 이상 쌀밥과 고기를 마다할 이는 없다는 것, 허나 수령이 쌀밥과 고기를 즐기기 시작하면 백성들은 씀바귀나물을 씹으며 수령을 씹어 댄다는 사실을 한 순간도 잊지 말아야 한다는 게 쇠기둥처럼 묵직한 형의 말 속에 숨은 진심이었던 것입니다.

그 상황에서 형이 훈화 말씀을 한 마디 더 보탰다면 한정효는 반발했을 것입니다. 형의 말은 구구절절 옳았으나 우리도 알고 있다시피 한정효의 억장은 이미 무너질 대로 무너져 있는 상태였습니다. 욕심과 미련은 오는 길에 거의 다 버렸다고는 하나 억울함과 열불은 줄어들기는커녕 배로 커졌습니다. 자신에게 과오가 있다는 사실은 감춰물고 받아들일 수 있지만 그 과오가 근신 내지 퇴출 내지 유배에 가까운 형벌로 이어질 만한 사항인지에 대해서는 여전히 동의하기 어려웠던 것이지요. 임금의 변덕과 당의 처지에 한바탕 놀아난 기분을 아무래도 좀처럼 버릴 수가 없었던 것이지요.

예지몽 혹은 개꿈을 꾸고 일어나 예정에도 없었던 A현을 찾은 것은 형에게나마 위로를 얻기 위해서였습니다. 다른 사람은 몰라도 어리석은 형은 그가 처한 어려움을 십분, 아니 백분 이해해 줄 것이라 믿었기 때문입니다. 그런 형마저 비난에 동참한다면 한정효는 실제와 심리 양쪽 모두에서 설 자리를 잃게 되는 꼴입니다. 그러나 형은 형입니다. 그것도 그냥 형이 아니라 '어리석은' 형입니다.

세상에서 가장 어리석고 늙은 형은 어느 순간부터 관광 해설사로 변신했습니다. 사정이 어쨌건 이왕 A현에 왔으니 명소란 명소는 죄다 보고 가라고, 먹을거리란 먹을거리는 죄다 먹고 가라고, 명소엔 시 한 수 혹은 이름 석 자를 적어 남기고, 뒷간엔 푸짐한 똥거름을 남겨 홍문관 부교리(이 부분에는 특히 힘을 주어서 발음을 하고!) 한정효가 A현에 왔다 갔다는 걸 온 사방이 알 수 있도록 하라는 격려 같지도 않은 격려의 말을 한 바가지 가득 정수리에 퍼부어 대는 것이었습니다.

오가피주로 몸을 푹 적신 한정효는 해가 중천에 솟은 뒤에야 눈을 뜹니다. 눈부신 햇빛에 놀라 헐레벌떡 자리에서 일어나려다가 곧 움직일 이유가 하나도 없음을 깨닫고는 다시 눈을 감습니다. 그러나 이미 잠은 멀찌감치 달아난 뒤입니다. 어릴 적부터 모범생이었던 데다가 홀로 있을 때도 몸가짐을 바로 하라는 유교 윤리로 중무장한 한정효는 방 안에서 뒹굴뒹굴하며 늑장을 부려도 된다는 사실이 편하기보다는 오히려 부담스럽습니다. 하여 서둘러 세수하고 옷을 갖춰 입고 나서니 객사 밖 느티나무에 기대거나 앉아서 이제나저제나 하고 목을 빼고 기다리던 늙은 노복과 시동이 재빨리 다가와 고개를 숙입니다. 그런데 예를 갖추는 것은 둘만이 아닙니다. 한 명이 더 있습니다. 그 사람의 얼굴을 확인한 한정효는 귀신이라도 본 것처럼 화들짝 놀랍니다. 새로 나타난 이는 전날 스치듯 만났던 엄택주를 빼닮았습니다. 얼굴색은 검었고, 살짝 내민 턱은 강철보다 더 단단해 보였고, 수염은 빛이 바랬습니다. 가벼운 어지럼증을 느낀 한정효는 눈을 질끈 감았다 뜨곤 엄택주의 분신 내지 도플갱어 같은 인물의 얼굴을 도자기 감정하듯 구석구석 살핍니다.

자세히 보니 엄택주와는 많이 다릅니다. 전체적인 틀은 비슷했으나 세부적으로 하나도 비슷하지 않았다는 의미입니다. 얼굴색은 검은 게 아니라 붉은 쪽에 더 가까웠고, 턱은 단단한 게 아니라 뭉툭했고, 수염은 빛이 바랬다기보다는 얼룩덜룩했고, 왼쪽 뺨은 흉터 없이 매끈했습니다. 무엇보다 차이가 나는 것은 위압감이었습니다. 엄택주를 처음 보았을 때 한정효는 무거운 바위가 뒷목을 누르는 무지근한 기분을 느꼈습니다. 그래서 몸집이 크지 않은 엄택주를 거인처럼 인식하는 오류를 범했습니다. 뼛속부터 양반이라 직감한 또 다른 이유였지요. 지금 이 사람은 어떻습니까? 솜털보다도 더 가벼운 인간이라는 사실이 읍을 한다며 허리를 굽히는 각도, 썩은 이를 보이며 살짝 머금은 미소, 손바닥을 빠르게 비비는 행동 등에서 빠짐없이 느껴졌습니다. 기생오라비 뺨치는 그의 현란한 자기소개는 한정효의 판단이 그르지 않았음을 확신하게 합니다.

"오늘 하루 나리를 뼈가 부서지도록 온 힘을 다해, 성심성의껏 살신성인의 정신으로, 시종일관 불편 없이 완벽하게 모시겠습니다."

하찮은 통인의 어법에도 맞지 않는 동어 반복으로 가득한 시답잖은 언사임을 감안해도 지나치게 비굴하다는 느낌은 좀처럼 지울 수가 없습니다. 제 분수도 모르고 상전과 맞먹으려 드는 험악한 태도도 문제지만 지나치게 공손한 것 또한 마음에 들지 않기는 마찬가지입니다. 한정효를 누구보다도 잘 아는 형이 왜 하필 굽신거림을 진리로 숭배하는 통인을 보냈는지 모르겠습니다. 그러나 이곳은 A현입니다. 한정효는 형으로서도 어쩔 수 없는 선택이었으리라 짐작합니다. 수령이 원하는 이들을 골라서 부리기엔 지나치게 작은 고을인 것입니다. 그래서 한정효는 그저 고개를 한 번 끄덕이고 말에 오른 뒤 지나가듯 이름이나 묻습니다. 통인은 별것 아닌 질문, 고작 이름을 묻는 질문임에도 광대처럼 입 한 번 크게 벌리고 과장되게 놀라는 기색을 짓고는 이내 머리를 긁적이며 대답합니다.

"이천강이라는 변변찮은 이름을 씁니다."

살신성인까지는 몰라도(실제로 그랬다간 곤란하기도 하고) 분골쇄신하겠다던 통인 이천강의 다짐은 결코 거짓이 아니었다는 사실을 먼저 밝히고 싶습니다. 이천강은 미꾸라지 천 마리를 삶아 먹은 것 같은 첫인상과는 다르게 까다로운 관광 가이드 역할을 완벽하게 수행해 냈습니다. A현의 명소와 먹을거리에 통달한 것은 A현에서 나고 자란 이였으니 당연하다 할 만했으나, 일일 고객인 한정효의 표정과 행동을 매의 눈으로 관찰해 머무는 시간과 설명의 양, 이동 속도 등을 자유자재로 조절하는 능력은 얄팍하나 뛰어난 말초 감각이 아름답게 융합해서 만들어진 결과였지요. 덕분에 한정효는 해가 떨어지기도 전에 A현의 오대 명소라 일컬어지는 우선정, 비류 폭포, 상림, 이씨 동굴, 고죽원을 모두 감상했고, 삼대 별미로 손꼽히는 죽순 국수, 비류 두부, 말린 소고기 무침을 모두 맛보았습니다. 비류 폭포 아래 형산 바위에다가는 이름을 붉고 크게 새겼고, 고죽원 뒷간에다가는 매머드급의 커다란 똥거름을 남겨서 형의 기대에 완벽하게 부응했습니다.

　한정효는 오래간만에 머릿속이 시원해지는 기분을 느꼈습니다. 오대 명소와 삼대 별미가 빼어나서는 아니었습니다. 어차피 A현은 A현이었거든요. 오대 명소는 북악산 백사실 계곡을 한 번 가는 것만도 못 했고, 삼대 별미는 별미라고 부르기에는 지나치게 소박했습니다. 그럼에도 한정효는 꽤 즐거웠습니다. 그건 아무 생각 없이 말을 타고 유람하는 그 소박한 행위 자체가 마음에 쏙 들었기 때문입니다. 유배 아닌 유배가 끝나고 서울로 돌아가면 전에 그랬듯 내일이 없는 사람처럼, 달리 말하면 미친놈처럼 일에만 몰두할 것이 아니라 가끔씩이라도 휴가를 얻어 이곳저곳 목적 없이 둘러보는 여유도 누려야겠다는 성급한 다짐까지 아름드리나무 밑에서 잠시 쉬는 동안 입가에 미소를 머금고 슬며시 했을 정도였으니까요.

관아에 도착한 한정효가 허리 굽히기 인사를 마지막으로 남기고 돌아가려는 이천강을 불러 세워 함께 술 한 잔이라도 하지 않겠느냐고 말한 것은 아마도 그런 느슨해진 여행객의 마음 탓이었을 것입니다. 물론 형의 업무가 아직 끝나지 않아 마땅한 상대를 찾을 길이 없었다는 사실이 보다 크게 작용한 것도 부인할 수는 없지만 말입니다. 한정효의 제안을 이천강은 어떻게 받아들였을까요? 아예 바닥에 코를 대다시피 했습니다. 안 그래도 천상의 향을 내뿜는 죽순주를 대접하지 못한 게 계속해서 마음에 걸렸는데 드디어 맛보게 해 드릴 수 있게 되었다면서 하회탈 같은 웃음을 슬슬 흘렸습니다.

여기서 홍문관 부교리 한정효와 A현 통인 이천강의 술자리를 길게 기술할 이유는 없겠지요. 술자리라고 해 봐야 사오십 분 남짓이었고 (죽순주의 향내는 말과는 달리 그저 그랬고), 부교리와 통인의 대화가 온전히 이뤄졌을 리도 없습니다. 조금 과장해 말하자면 젊은 도교육청 장학관과 늙은 초등학교 수위와의 만남과 하등 다를 게 없으니까 말입니다. 그래도 두 사람의 대화가 과장을 살짝 보태서 한 시간가량 이어질 수 있었던 건 둘을 매개한 형의 존재 때문이었습니다.

한정효는 시작하자마자 곧바로 어색해진 술자리를 형에 대한 정보를 얻을 수 있는 시간으로 활용했습니다. 통인 따위에게 얻을 정보가 있을까, 하는 의구심이 들 수도 있겠습니다. 그러나 한정효의 감식안에 따르면 이천강은 통인 치고는 꽤 눈치가 빠른 자였습니다. 천인의 신분만 아니었다면 이방아전의 직분도 능히 감당할 만한 재주가 말과 행동 사이에 언뜻언뜻 엿보였습니다. 이런 자의 특징은 보이지 않는 것도 보고 들리지 않는 것도 듣는다는 것입니다. 보고 들은 것을 말로 옮기지 않는다면 더할 나위 없겠지만 그런 미덕까지 일개 통인에게 바랄 수는 없는 일이지요. 그래서 한정효는 술 몇 잔을 핑계 삼아 전날 밤 형에게 대놓고 묻지 못했던 궁금증, 즉 A현에서는 수령으로서의 형을 어떻게 보고 있는가 하는 질문을 취한 태도에 실어 지나가듯 슬쩍슬쩍 물었습니다. 묻기는 했어도 별반 대단한 답변까지 기대하지는 않았던 한정효는 수식어 가득한 긴 칭찬 끝에 더해진 하나의 단어에 화들짝 놀라고 맙니다. 이천강은 분명 이렇게 말했습니다.

"어리석은 수령이라 할 만합니다."

화들짝 놀랐다는 건 속으로 그랬다는 것이고 한정효는 홍문관 부교리답게 내심의 동요를 들키지 않으려 애쓰며 마치 잘못 듣기라도 한 듯 천천히 다시 묻습니다.

"뭐라고 했느냐?"

당신이 주목할 것은 이천강의 그다음 행동입니다. 이천강은 갑자기 마당으로 내려가 무릎을 꿇더니 머리를 쿵쿵 박습니다. 허물없이 대해 주는 한정효의 태도에 감읍한 나머지 천한 놈이 결코 해서는 안 될 말이 입 밖으로 튀어나오고 말았다며 머리를 쿵쿵 박습니다. 쿵쿵 쿵쿵. 도합 네 번이나 머리를 박은 이천강은 슬며시 고개를 들어 불쌍한 눈을 하고는 한정효를 봅니다. 아, 한정효가 손을 저어 만류하는 아름다운 그림을 기대했다면 그건 이천강의 자신감이 지나쳤거나 한정효를 잘못 본 것입니다. 한정효는 조악한 연극에 입 벌리고 감탄하는 세상 물정 모르는 유형의 인간이 결코 아닙니다. 이천강이 갑작스럽게 연극을 한 이유가 무엇이었던지 간에 한정효는 볼 것만을 보았습니다. 당신도 이미 눈치챈 사실, 즉 이천강이라는 놈은 결코 만만한 작자가 아니라는 그 사실을 두 눈으로 똑똑히 확인한 것이지요. 평범한 통인이라 여기고 무람없이 대했다간 언젠가는 뒤통수를 세게 칠 놈이 바로 이천강이었습니다. 어리석은 형이 다른 통인들 제쳐 두고 이천강을 보낸 데는 다 이유가 있었던 것입니다. 그건 한정효에게 던지는 형 나름의 도전장 혹은 초대장이었습니다. 그래서 한정효는 웃습니다. 이왕 웃는 김에 평소와는 다르게 안면의 근육을 모두 활용하여 크게 웃습니다. 머리를 긁적이며, 누런 이똥이 질서 정연하게 테를 두른 이를 보이며 따라 웃는 이천강에게, 자신의 연극이 먹혀들었다고 확신하는 이천강에게 한정효는 서슬 퍼런 질문 하나를 선사합니다.

"네놈에게 혹시 형이 있느냐?"

"없습니다."

대답은 빠르게도 튀어나왔습니다. 하도 빨라서 우리가 그 자리에 있었다면 질문과 대답이 처음부터 한 문장이었던 것으로 착각했을 겁니다. 당신도 알다시피 너무 빠른 대답은 오히려 의심을 일으키기 마련입니다. 게다가 한정효는 이천강의 얼굴에 불안, 분노 혹은 착잡함과 후회의 그림자가 엉성하게 섞여 스친 것을 놓칠 정도로 둔하지 않습니다. 전도유망했던 홍문관 부교리로서의 한정효였다면 당장 그 점을 집요하게 물고 늘어졌을 것입니다. 그러나 홍문관 부교리 자리를 거의 포기한 한정효, A현 수령의 일급 빈객으로서의 한정효는 조금 다른 태도를 취합니다. 한정효는 소리 없이 웃습니다. 이천강 또한 따라서 입 다물고 웃습니다. 한정효는 웃으며 오늘 하루 수고했으니 물러가 편히 쉬라고 합니다. 그러나 물러가 편히 쉬라는 이 말이 정말로 물러가 편히 쉬라는 뜻이 아님은 말하는 한정효는 물론이고 듣는 이천강 또한 잘 알았지요. 날짜가 바뀌기 전에, 그러니까 한정효의 인내심이 다해서 모종의 행동에 돌입하기 전에 이천강이 한정효의 방을 찾은 이유이지요.

날이 밝기 무섭게 한정효는 길을 나섭니다. 노복도 없이 시동도 없이 홀로 걷는 길입니다. A현으로 오는 도중에 걸었던 걸음과 형식은 동일하나 내용은 사뭇 다릅니다. 그때의 걸음엔 분노와 후회와 미적거림이 정리되지 못한 채, 마구 섞여 있었다면 지금의 걸음엔 거침없음과 경쾌함 그리고 일종의 흥겨움이 몸 전체에 비율 좋게 고루 퍼져 그 기운을 아름다운 꽃가루처럼 주위에 마구 날리고 있습니다. 어느 순간부터는 아예 속보로 걷던 한정효는 고을 끝에 자리한 솟을대문 집의 문을 주저 없이 밀고 들어갑니다. 뉘시냐고 묻는 청지기에게 한정효는 홍문관 부교리이자 A현 수령의 동생이란 짧고 강력한 답을 건넵니다. 청지기는 잠깐 기다리시라고 말하고는 노루 같은 걸음으로 안채를 향해 달려가더니 이내 모습을 드러내곤 최대한 얼굴 근육을 불쌍하게 끌어 모아 죄송하다는 표정을 짓습니다.

"지금은 좀 바쁘시니 사랑채에서 기다리고 계시랍니다."

늙은 좌수 양반다운 술책입니다. 사십 년 넘게 향청을 손에 쥐고 주무른 인물답게 경거망동하지 않습니다. 청지기는 한정효를 사랑채로 안내한 후 슬며시 사라집니다. 그래서 한정효는 주인도 없는 방에 홀로 앉아 있게 되었습니다. 당신도 그러하겠지만 홀로 있는 시간이 꼭 나쁜 것만은 아닙니다. 사실 복잡한 생각을 정리하기에는 안성맞춤이지요. 더군다나 한정효는 평소와는 다르게 속보로 걸었던 터라, 게다가 다소 흥분한 상태로 쭉 걸어왔던 터라 숨을 고를 수 있는 혼자만의 시간이 오히려 반갑기까지 합니다.

한정효가 제일 먼저 떠올린 건 전날 밤 형과 나누었던 짧은 대화입니다. 밤늦게 찾아왔던 이천강이 돌아간 후 한정효는 형의 방으로 갔습니다. 이천강 덕분에 '더할 나위 없는 좋은 하루'를 보냈다고 말하자 어리석은 형은 씩 웃었습니다. A현이 마음에 들었느냐고 묻는 형에게 한정효는 마음에 들었다고, 생각보다 훨씬 흥미로운 곳이라고 답했습니다. 오대 명소와 삼대 별미도 다 경험했느냐고 묻는 늙은 형에게 한정효는 다 가 보았고, 다 맛보았다고, 이름과 똥거름도 빠뜨리지 않고 남겼다고 카이사르처럼 늠름하게 답했습니다. 형은 가끔 머리를 비우고 경관과 미식에 심취하는 건 생각보다 훨씬 중요한 일이라고 말했고, 한정효는 동의하듯 말없이 고개만 끄덕거렸습니다. 형의 입에서 이천강의 이름이 나온 건 그다음이었지요. 어리석은 형은 흥미롭기로 치자면 이천강이라는 놈이 더 흥미롭지 않느냐고 웃음기 하나 없이 물었습니다. 형의 진의를 깨달은 한정효가 이천강이 자신에게 와서 털어놓은 말을 전하려고 으흠, 목청을 가다듬자 형은 그럴 필요 없다고 손사래를 쳤습니다. 그러더니 어리석은 수령다운 목소리로 이렇게 덧붙이는 것이었습니다.

"날 밝으면 좌수 양반을 만나 봐라."

좌수와의 면담으로 곧장 넘어가기에 앞서 이천강이 털어놓은 말이라는 것부터 간략하게나마 얘기하고 넘어가기로 하겠습니다. 한정효 앞에 무릎 꿇고 앉은 이천강은 집에 돌아가서 가만 생각해 보니 형이 하나 있던 기억이 마침내 떠올랐다는, 누가 듣더라도 납득이 되지 않는 비상식적인 문장으로 말문을 열었습니다. 자신이 열한 살 되던 해에 세상을 떠난 형이기에, 그것도 추문에 얽혀 비명횡사한 형이었기에 아예 기억에서 지우고 살았다고 느릿느릿한 목소리로 변명했습니다.

한정효는 아무 말도 하지 않았습니다.

겁먹은 토끼 눈이 된 이천강은 워낙 이상한 소리라 믿기 어렵겠지만, 말하는 자신도 그 점이 몹시 걱정되지만, 사십 년 가까이 머릿속에서 떠올리지도 않았던 형이기에 한정효의 질문엔 정말로 그렇게 답할 수밖에 없었던 거라고 묻지도 않은 말을 부언했습니다.

한정효는 아무 말도 하지 않았습니다.

이천강은 머리를 푹 숙이고 아픈 강아지처럼 낑낑거리는 소리를 사오 초간 내더니 형은 죽어 마땅한 자였다고 갑작스럽게 화를 내듯 말했습니다. 하늘과 땅이 다르고 신분이 유별한 법인데 천한 놈이 감히 양반집 처자를 범하고 도망갔으니 하늘에서 천벌을 내린 거라고 흐느끼듯 말했습니다. 그 뒤의 말은 알아듣기 어려웠습니다. 이천강은 눈물 흘리고 통곡하면서 강물, 심문, 화병 등의 단어를 연달아 토해 냈습니다. 졸지에 심리 치료사 역할을 떠맡게 된 한정효는 그 단어들의 의미와 연관 관계를 머릿속으로 정리하려 애쓰면서 이천강의 비논리적이고 억지스러운 고해 성사를 끝까지 들었습니다. 긴 고백을 마치고 눈물을 훔치는 이천강에게 한정효는 오래 참았던 질문을 던졌고, 하나의 질문을 통해 두 개의 이름을 동시에 얻었습니다. 이만강과 신윤중입니다. 이만강은 이천강의 죽은 형이었고, 신윤중은 이만강이 범한 처자의 오빠였습니다.

좌수와의 면담은 지루했습니다. 자화자찬은 길었고 정보는 간략했습니다. 그럼에도 만나지 않은 것보다는 백배 나았습니다. 아니 솔직하게 말하면 정보는 짧았으나 요긴했습니다. 이제 궁금증으로 당신의 머릿속이 후끈 달아올랐을 테니 방금 얻은 귀한 정보를 좌수가 그러했던 것처럼 아라비안나이트 풍의 긴 자기 자랑 속에 반 토막, 혹은 선심 쓰듯 크게 한 토막 잘라 넣어 전달할 수도 있겠습니다. 생생함이라는 측면에서는 만점이겠으나 빨리 돌려 보기에 능숙한 당신의 원성을 피하기는 어렵겠지요. 게다가 A현 특유의 '요'와 '어'가 많이 들어가는 말투와 이 빠진 칠십 대 노인의 불분명하고 때론 기괴한 발음, 거기에 기침과 타구에 침 뱉는 소리까지 그대로 옮기기는 내 조악한 문장력으로는 사실상 불가능합니다. 그래서 나는 어중간한 현장 중계보다는 간명한 요약 해설의 길을 택함으로써 이 난관을 극복하고자 합니다.

첫째, 신윤중과 이만강은 사제 지간이었습니다. 양반인 신윤중이 노비인 이만강을 제자로 삼아 가르쳤다는 뜻입니다. 신윤중은 향교에서 교관을 지냈고, 이만강은 관아에서 향교로 파견된 노비였습니다. 신윤중이 왜 하필 노비인 이만강을 제자로 삼았는지에 대해서는 좌수 또한 속 시원한 답변을 갖고 있지 못했습니다. 서원에 밀려 향교가 이미 교육의 기능을 제대로 하지 못하던 시대적 상황과 연관이 있지 않을까 추측만 할 뿐이었지요. 쓸 만한 이들은 당과 직간접적으로 연결된 서원으로 가고 천자문도 제대로 모르는 무식쟁이들만이 군역을 피하러 향교에 입학한 터라 교관인 신윤중으로서는 도무지 가르칠 기분이 아니었으리라는 것이었습니다. 그러나 좌수가 이미 고백했다시피 그러한 추론은 신윤중의 심리는 설명할 수 있어도 왜 노비인 이만강을 제자로 삼았는지에 대한 의문을 해결하는 데에는 큰 도움이 되지 않습니다.

둘째, 신윤중은 여동생(앞으로는 신씨녀라 부르기로 하겠습니다)과 함

께 살았습니다. 신씨녀는 수절녀였지요. 향청 별감의 자제와 혼례 날
짜까지 잡았으나 신랑의 갑작스러운 죽음으로(이 부분에서 좌수는 혀
를 찹습니다. 죽은 이의 또래였던 자신의 아들은 아들딸 잘 낳고 잘 살고 있
다고 묻지도 않은 말을 했습니다. 우리는 이 대목에서 좌수가 별감을 일종
의 지역 내 경쟁자로 여겨 왔음을 어렵지 않게 추측할 수 있습니다) 하루아
침에 생과부가 되었습니다.

셋째, 이만강이 신씨녀를 범했습니다. 당시 열일곱의 나이였음에도
총각 신세였던 이만강은 두 해 동안 독수공방에도 불구하고 아직 십
대인 젊은 과부 신씨녀에게 흑심을 품었고 결국 해서는 안 되는 일을
저질렀습니다. 이만강의 완력에 굴복해 정절을 지키지 못한 신씨녀는
그날로 비류천에 뛰어들어 목숨을 버렸습니다.

넷째, 이만강 또한 익사체로 발견되었습니다. 현감은 신씨녀가 자결
했다는 소식을 듣고 도망간 이만강을 잡기 위한 추격대를 구성했습
니다. 성과는 있었습니다. 사흘 후 퉁퉁 불은 이만강의 시체를 이웃
고을인 Z현의 하천에서 발견했던 것이지요.

다섯째, 이만강의 아버지 이 아무개는 원래 형방아전이었는데 사
건 직후 사임을 했고(그 동안의 노고를 감안해 추가적인 형벌은 받지 않
았고), 그 이후로는 술로 소일하다 일 년이 못 되어 사망했습니다. 이
만강의 어머니는 관노비였는데 남편이 죽은 후 목을 매어 자살했습니
다. 그 결과 이천강과 어린 여동생은 졸지에 천애 고아가 되었지요.

듣고 보니 별 것도 아닌, 겨우 다섯 가지로 간단명료하게 정리 가

능한 내용을 얻기 위해 한정효는 꼬박 하루를 소비했습니다.(세상 사는 게 다 그렇지요!) 좌수의 기분을 맞춰 주느라 아침부터 연거푸 마셨던 죽순주 때문에(무슨 까닭인지 이천강의 술보다 맛과 향의 측면에서 오히려 한 등급 아랫길이었던) 머리는 지끈지끈 아팠지만 신체의 전반적인 활력으로만 치자면 평소보다 훨씬 낫다는 점을 밝히고 싶습니다. 능률을 숭상하는 한정효는 간만에 얻은 기운을 허투루 허비하지 않았습니다. 객사로 돌아온 한정효가 자리에 앉자마자 붓을 든 까닭입니다. 자신의 직속상관이자 오랜 벗인 이성에게 보내는 긴 편지를 쉬지도 않고 단번에 써 내려간 까닭입니다.

# 선생

　내게도 추노꾼이 따라붙을까요? 표범보다 빠른 다리, 호랑이 이빨보다 날카로운 칼, 참매의 눈보다 매서운 눈을 가졌다는 그 무시무시한 추노꾼이 과연 내 뒤를 그림자처럼 바짝 따라붙을까요? 그게 몹시도 궁금해 나는 도망치고 말았습니다. 아, 생각해 보니 눈곱만큼 작은 잘못도 한 가지 저지르긴 했습니다.

　설핏한 햇살이 마당을 비추던 어느 날 오후, 주인의 친구가 찾아왔습니다. 유유상종도 그런 유유상종이 없습니다. 첫눈에 보기에도 개차반이었으니 망나니임을 자부하는 주인에겐 그보다 더 좋은 짝은 없었을 것입니다. 망나니가 노려보기에 재빨리 술상을 차려 바쳤습니다. 그런데 아뿔싸, 빨리 자리를 피하려고 서두르다가 그만 숟가락을 잘못 놓고 말았습니다. 주인의 붉은 용 무늬 숟가락을 손님에게 주었고, 손님용인 푸른 호랑이 무늬 숟가락을 주인에게 주었습니다.

서안에 놓인 먼지 덮인 책은 본체만체해도 제 숟가락 하나는 끔찍하게 아끼는 주인은 분개를 참지 못하고 벌떡 일어나 주먹을 날렸습니다. 내 얼굴과 몸통에 자신의 단단하고 거친 주먹 모양을 확실히 새겼습니다. 희희낙락 이 광경을 지켜보던 손님은 쓰러진 내게 발길질을 했습니다. 손님을 따라 발길질을 즐기던 주인은 축 처진 나를 잡아 일으켜 기둥에다 박았습니다. 정수리에서 불꽃이 튀도록 세게 박았습니다. 비틀대는 내게 숟가락을 들고 다가와서는 이마를 마구 때렸습니다. 내 이마가 전장의 북이라도 되는 것처럼 쉬지 않고 때렸습니다. 아마도 내 이마에는 붉은 용이 활활 타올랐겠지요. 내가 죄송하다며, 죽을죄를 지었다며, 다시는 안 그러겠다며, 천지신명에 다짐할 수도 있다며 울먹이자 주인은 혀를 차며 정색하더니 사내는 절대 우는 게 아니라고 했습니다. 자신이 읽은 《논어》인가 《맹자》인가에 분명히 그리 되어 있다고 목소리를 높였습니다. 손님은 아마도 그 내용은 《손자병법》에 있을 가능성이 더 크다고 말하곤 음흉하게 흐흐 웃은 뒤, 내가 사내인지 아닌지 확인부터 해 봐야겠다며 바지를 벗겼습니다. 내가 몸부림을 치자 주인은 노끈을 가져왔습니다. 눈치 백단인 손님은 내 다리를 붙잡았고 주인은 히히 웃으며 내 두 손과 두 다리를 차례로 묶었습니다. 호흡이 잘 맞는 둘은 나를 대청마루로 끌고 간 뒤 기둥에 단단히 묶었습니다. 일을 다 마친 주인은 목청 높여 어린 계집종의 이름을 불렀습니다. 이리 오너라, 어서 오너라, 내 너에게 긴히 보일 것이 있으니.

며칠 동안 산길과 험로만 골라서 걸었습니다. 이틀이면 이틀, 사흘이면 사흘, 나흘이면 나흘이라고 명확하게 말할 수 있다면 좋겠지만 아쉽게도 그러지는 못하겠습니다. 밤새 걷다가 비몽사몽간에 날카롭고 묵직한 나뭇가지에 부딪혀 쓰러질 듯 비틀거리다 이래선 안 되겠다 싶어 호랑이를 닮은 바위 곁에서 겁도 없이 잠깐 눈을 붙였고, 주인에게 등을 마구 걷어차이는 악몽에 놀라서 깨어 어딘지도 모르고 무작정 달렸다가 숨이 차오르자 주위를 한 번 둘러보곤 다시 터벅터벅 걸었습니다. 늙은 소나무 아래서 다리가 휘청거려, 그 김에 또 잠깐 눈을 붙였다 일어나 다시 걸었고, 쓰러져 가는 농가에서 귀한 밥한 그릇을 몰래 훔쳐 먹고는 그들에게 미안하고 스스로에게 실망해서 눈물을 쏟으며 달렸고, 졸다 걷다 졸다 걷다 천길 벼랑길에 화들짝 놀라 뒤로 물러섰고, 사람의 발길이 닿은 적도 없는 깊고 깊은 숲에서 납작 돌멩이 베고 방바닥에서처럼 코골며 곤히 자다 산짐승 다가오는 소리에 나도 모르게 깨어 심장에 손을 얹고 도둑고양이처럼 살금살금 걸었습니다.

며칠 동안 그 짓을 하고 나니 날카롭게 곤두섰던 신경도 차차 무뎌졌습니다. 그 뒤론 될 대로 되라 싶은 마음이 들었습니다. 추노꾼이 오건 말건 사람들이 쳐다보건 말건 소인들이 아닌 군자들이 택한다는 편안한 대로를 택해 걸었습니다. 아예 두 눈 감다시피 한 상태로 어디로 가겠다는 목표도 없이 잔뜩 부르튼 발을 끌고 유유자적한 마음으로 느긋하게 길 따라 걸었습니다. 그 외롭고 힘든 길에 귀인이 있었습니다. 선생이었습니다. 내 인생에서 단 한 명뿐이었던 선생을 그 날 그 희망 없던 길, 모든 것을 놓아버린 지옥의 길목에서 처음 만났습니다.

아, 선생, 선생, 선생! 선생이 하는 짓은 반쯤 정신 나간 내가 보기에도 참으로 이상하고 괴이했습니다. 산으로 향하는 오솔길 옆 더러운 수풀더미에다 대고 절을 하고 종이를 펼치더니 주문 비슷한 것을 외웠습니다. 다가갔다기보다는 근처까지 이르러 귀를 대고 들어 보니 그건 주문이 아니라 제문이었습니다. 있는 힘을 다 모아 눈을 크게 뜨니 선생이 선 수풀 사이로 땅이 봉긋 솟은 곳이 보였습니다. 약간의 상상을 더하고 추리를 보태어 보면 그건 버려진 무덤처럼 보였습니다.

나는 선생의 옆에 두 손을 모으고 서서 제사가 끝나기를 간절하게 기다렸습니다. 안면도 없는 사람 앞에서 왜 그런 엉뚱한 짓을 했는가 하면 무덤 앞에 제사상이 차려져 있었기 때문입니다. 세 개의 사과와 한 개의 백설기는 내 정신을 온통 어지럽게 했습니다. 하지만 예의범절과 복종을 미덕으로 알고 자란 나는, 아니 진실을 말하자면 음식을 훔쳐서 달아날 힘도 남지 않은 나는 욕망을 누르고 잠자코 서서 제사가 끝나기만을 기다렸습니다. 제사를 마친 이에게 너그러운 인정을 호소하기 위해 아까부터 떨리던 다리에 힘을 주곤 꾹 참고 기다렸습니다. 선생은 나를 힐긋 보곤 제문을 계속 읽었습니다.

"너는 노비답게 온 정성을 다해 평생 주인을 받들었다. 주인이 인자한 천자나 고고한 선비라도 되는 양 너의 피와 살을 바쳐 가며 주인을 받들었다. 그러나 피와 살은 유한한 물건이라 너는 죽었다. 네 주인은 인정머리 없는 사람은 아니었다. 그래서 너를 묻었다. 그러나 네 주인은 딱 그 정도의 인정머리만 있는 사람이었다. 그래서 너를 묻자마자 젊은 새 노비를 얻었다. 새 노비는 피와 살이 풍부했다. 네 주인의 기억 속에서 너는 완전히 사라졌다. 너는 졸지에 주인을 잃고 굶주리는 귀신이 되었다. 수풀로 덮여도 답답하다 말 못 하고, 제삿날 굶주려도 배고프다 한 마디 말 못 하고 천지 사이를 울며 떠도는 불쌍한 귀신이 되었다. 내 우연히 이 길을 지나다가 너의 소식을 듣게 되었다. 안 들었으면 몰라도 들었으니 가만히 있을 수는 없어 변변치 못한 상을 차리고 변변치 못한 글을 읽는다. 네가 글을 모르리라는 것은 안다. 그러나 무지한 귀신이라도 제게 바치는 정성은 느끼는 법이다. 피와 살이 없는 귀신이여, 부디 서러워 말고 앙심 품지 말고 다가와 내 제사를 받으라."

나는 이름도 성도 모르는 무덤에 선생을 따라 절을 하고 그 맹목적인 복종과 헌신의 대가로 마침내 음식을 받아먹었습니다. 하긴, 나만 무덤에 대해 무지한 건 아니었지요. 선생 또한 무덤 주인의 성과 이름을 모르기는 마찬가지였습니다. 선생이 아는 건 그 무덤이 노비의 무덤이라는 것(성은 처음부터 아예 없었을 수도 있었겠지요), 아무도 찾지 않고 버려져서 없어질 위기에 처한 불쌍한 노비의 무덤이라는 사실뿐이었습니다.

그러나 그런 사연 따위는 내게 하나도 중요하지 않았습니다. 나는 사과는 씨까지 다 먹고, 백설기는 바닥에 떨어진 가루까지 다 주워 흙과 함께 먹었습니다. 제삿술로 목까지 축축하게 축인 후에야 도망 자라는 내 처지를 다시 한 번 정확하고 날카롭게 깨달았습니다. 도망 자 주제에 양반 옆에서 유람하듯 느긋하게 시간을 보내고 있음을 깨 달았습니다. 갑작스레 벌떡 일어난 나를 선생은 만류하지 않았습니다. 만류하지 않으니 오히려 발길이 떨어지지 않았습니다. 선생은 일어났을 뿐 도망가지는 못하는 내게 함께 가자고 말했습니다. 다른 말은 하지도 않고 그저 함께 가자고만 했습니다. 너는 누구냐, 나이는 몇 살이냐, 어디서 왔느냐, 뭐 하는 놈이냐 묻지도 않고 선생은 곰 같은 묵직한 눈으로 나를 보며 그저 자기와 함께 가자고만 했습니다.

나는 별로 고민도 하지 않고 선생의 뒤를 따랐습니다. 왜 그랬느냐 고요? 이름도 성도 모르는 노비에게 제사상을 차려 준 선생이었습니다. 제문을 읊고 절까지 한 선생이었습니다. 그런 선생이라면 이미 내 정체를 알았을 것이고, 그런 선생이라면 새로 얻은 노비의 정신머리 를 바로 잡겠다며 기둥에 묶고 채찍질을 마구 퍼부어 대는 만행을 일 삼지는 않을 것 같았습니다. 게다가 내겐 이름도 성도 있었으니까요. 피와 살도 아직 있었으니까요.

# 단점과 장점

　보름 만에 서울로 돌아온 한정효는 본가에 들러 오래간만에 만난 가족과 짧은 인사를 나누고 사랑에 틀어박혀 두세 시간 눈을 붙인 후 해가 떨어지기 무섭게 몸을 일으켜 이성의 집으로 향합니다. 홍문관 직속상관이자 오랜 벗인 이성은 목을 빼고 기다리던 사람처럼 버선발로 마당까지 내려와 한정효를 맞이합니다. 그의 행동이 가식이 아니라는 사실은 방 안에 차려진 음식만으로도 짐작할 수가 있지요. 화려한 자개 장식이 눈길을 확 잡아끄는 최고급 통영반 위에 정갈하게 놓인 육전, 족편, 청포묵 무침은 보기엔 간단해 보여도 하나같이 손이 많이 가는 것들이거든요(조리 과정이 궁금하다면 조선의 셰프 안동장 씨가 쓴 《음식디미방》을 살펴보기 바랍니다).

　한정효는 실팍한 육전 한 점을 입에 넣고는 비로소 자신이 서울로 돌아왔음을 실감합니다. 예민한 당신이니만큼 한정효가 이렇게 느꼈다고 해서 그의 심사가 마냥 편하리라 지레짐작하는 우를 범하지는 않으리라 믿습니다. 그는 여전히 일종의 정직 혹은 유배 상태입니다. 공식적으로는 홍문관 부교리이지만 실제적으로는 더 이상 부교리가 아닌, 부교리라고 말할 수도 없고 아니라고 말할 수도 없는 홍길동적인, 카프카적인, 보르헤스적인 부조리한 상황이 하나도 바뀌지 않았다는 뜻입니다.

사정이 그러하니 통영반에 차려진 음식도 한정효를 다소 불편하게 만들기는 마찬가지입니다. 아침까지 받았던 개다리소반이 차라리 그립다고 해야 할까요? 아닙니다. 사실대로 말하자면 개다리소반도 통영반도 한정효의 취향과는 거리가 멀지요. 한정효는, 기왕 소반을 끌고 왔으니 계속 밀고 나가자면, 나주반 같은 인간입니다. 단순해 보이지만 실은 장인의 정성이 상판과 다리를 연결하는 대나무 못 하나하나까지 골고루 깃든 고급품 중의 고급품이 바로 나주반입니다. 그에게 통영반은 지나치게 호화찬란하고 개다리소반은 너무 조악합니다. 소반에 놓인 음식도 마찬가지입니다. 육전은 분에 넘치게 감각적이고 씀바귀나물은 주린 배를 채우기 위해 마지못해 먹는 것이니 음식이라 부르기도 민망합니다. 김이 모락모락 피어오르는 뜨끈한 꿩고기만두 한 접시가 나주반엔 안성맞춤입니다. 튀지 않는 소박한 외양과 담백하고 깊은 맛이라는 측면에서 나주반과 꿩고기만두는 가히 영혼의 짝입니다. 그렇다고 정성 들여 준비한 이성에게 왜 만두를 준비하지 않았느냐고 눈을 흘기며 타박할 수는 없는 법입니다. 서울 도성 안에서 한정효를 이토록 반가이 맞이할 이는 사실상 이성이 유일하니까요. 그래서 한정효는 족편과 청포묵 무침도 잇따라 맛보고는 이미 뒤로 뇌물을 두둑하게 챙긴 터라 박한 별점을 매길 생각은 일 퍼센트도 없는 음식 평론가처럼 유쾌하게 웃으며 엄지손가락을 척 소리 요란하게 들어 올립니다.

통영반을 닮은 이성은 말발도 화려합니다. 한정효가 따로 요구하지 않아도 마치 그래야 할 의무라도 지닌 사람처럼 지난 보름간의 관가 동향을 다양한 표정과 손짓을 동원해 큰 그림은 개략적으로, 세부적인 안건은 정밀하게 묘사합니다. 이성을 통해서 전해진 관가의 모습은 무지갯빛으로 현란하거나 어지러운데 어느 쪽이건 간에 한정효의 마음을 산란하게 만들기는 마찬가지입니다. 가벼운 현기증을 느낀 한정효는 안석에 깊숙이 등을 밀어 넣어 흔들리는 몸을 지탱합니다. 그럼에도 발언자인 이성에게서 눈을 떼지 않습니다. 이성의 한 마디, 한 마디가 팔조법금이나 훈요십조 같은 고결한 금과옥조라도 되는 양 고갯짓과 추임새를 멈추지 않습니다. 노트와 펜이 있었다면 한 구절도 놓치지 않고 다 받아 적을 기세입니다. 도대체 왜 그렇게 비굴 모드를 취하느냐고요? 이유는 간단합니다. 이성을 만나러 왔다는 건 한바탕 훈시를 들을 각오를 했다는 뜻입니다. 기왕 훈시를 들을 바엔 모범생이 되리라 마음먹었다는 뜻입니다. 이성을 믿고 따르겠다는 표시를 숨기지 않고, 아니 노골적으로 드러내 상대를 기쁘게 하겠다는 뜻입니다.

아마도 당신은 이 대목에서 가볍게 항의하고 싶어질지도 모르겠어요. 오랜 벗이라고 썼으나 둘의 관계를 보면 실은 위계질서가 확실한 상관과 부하라는 표현이 더 적절한 해석이 아니냐고 말입니다. 예, 당신의 말에도 일리가 있습니다. 둘의 관계를 오랜 벗이라는 범박한 범주로 묶어 버리는 건 온당하지 않을 수도 있겠습니다. 그러나 오랜 벗이라는, 듣기만 해도 솜이불을 덮은 것처럼 마음이 푸근해지는 이 유래 깊은 표현 말고는 그 어떤 용어로 둘의 관계를 규정지어야 할지나는 잘 모르겠습니다. 드러난 모습이 어쨌건 간에 십대 초반 시절부터 줄곧 둘이 벗으로 지내 왔던 건 틀림없는 사실이니까요. 한날한시에 대과에 급제했고, 성균관과 홍문관에서도 내내 함께 근무하는 보기 드문 인연으로 이어진 사이였으니 오랜 벗의 사전적 정의에 이보다 더 부합하는 커플은 찾으려야 찾기도 어려울 것입니다. 물론 전자현미경의 높은 배율을 활용해 세부까지 자세히 들여다보면 좀 다른 결이 보이기도 합니다.

둘의 스승은 다름 아닌 한승효였는데 그는 한정효는 박하게, 이성은 후하게 평가했습니다. 한정효의 진도가 평균보다 훨씬 빨랐고, 이성의 성취가 평균에 약간 못 미쳤다는 걸 감안하면 지극히 한승효다운 교육 방식이었다고 논평할 수 있겠습니다. 그런 인위적인 조처로 실력의 차이가 조금 좁혀졌다고 해도 둘이 같은 시험에서 함께 급제하는 영광스러운 일이 실제로 일어나기엔 여전히 힘든 건 사실입니다. 칭찬과 격려로 땜질하기엔 둘 사이에 놓인 강이 너무 넓었지요.

일 잘하는 중국인 노동자들을 총동원해 서둘러 금문교 다리를 건설하더라도 둘을 한 도로 위에서 달리게 할 방도는 도무지 없어 보이는 이른바 백약무효한 상황이었으니까요.

그러나 우리도 종종 경험해서 잘 알다시피 이 세계에는 기적이라는, 듣기만 해도 가슴을 말벌처럼 붕붕 날뛰게 만드는 아름다운 용어가 있지요. 이성 스스로도 별 기대 없이 보는 것이라고 사방에 떠들고 다닌 경신년 증광시에서 떡 하니 합격하는(순위는 비록 끝자리[51명 중 49위]에 더 가까웠지만 말입니다. 우리는 한정효가 이 시험에서 장원으로 급제한 사실을 이미 알고 있습니다) 경사스러운 일이 일어났던 것입니다. 이성에게 일어난 놀라운 기적은 그것으로 끝이 아니었습니다. 턱걸이 종목에 응시했다고 해도 과언이 아닐 이성의 위태롭고 간당간당한 성적으로 보아, 청요직으로 가는 지름길이라 할 성균관 임명은 난망할 듯싶었으나 놀랍게도 이 또한 현실로 이루어진 것입니다. 홍문관에 임명되어서는 아예 장원 급제자인 한정효를 반 발짝이나마 앞지르기 시작했으니 그 행보를 종합해 보건대 가히 집념과 기적의 사나이라 부를 만합니다!

물론 당신이 입을 가리고 키득대는 소리를 놓칠 정도로 내가 한없이 무딘 사람은 아닙니다. 그럼에도 나는 기적이라는 이 희망찬 단어를 놓고 싶은 마음은 없답니다. 기적조차 없는 세상이란 얼마나 어둡고 칙칙하겠습니까? 그건 지옥이지 세상이 아닙니다. 그러니 이성의 작은 아버지가 노론 청명당의 당수이며, 현직 영의정이라는 사실은 그저 지나가는 길에 짧게만 덧붙이고 넘어가기로 하겠습니다.

내 말에 편견을 갖고 엉뚱한 결론을 내렸을까 싶어 확실히 밝히자면 사실 이성의 훈시는 사병을 골탕 먹이기 위해 일부러 어미를 질질 늘인 대대장의 그것처럼 한도 없이 길게 이어지지는 않았습니다. 실은 이십 분 남짓한 시간만이 지났을 뿐이니까요. 그러니까 이성은 화려함에 치중하는 부분적인 약점을 가졌기는 해도 근본에 있어서는 무척이나 효과적인 전달자였던 셈입니다. 어쨌거나 둘만 있는 자리에서 이십 분이면 그래도 짧은 시간은 아니며, 그래서 언어적인 의미에서의 오르되브르, 즉 전채 요리는 그만하면 충분히 섭취해 거의 배가 부를 지경이니 더 이상은 못 먹겠다고 얼굴을 찡그리며 수저와 젓가락을 내려놓는 불상사가 벌어지기 전에 서둘러 첫 번째 요리인 생선구이 한 접시를 내놓는 것이 좋겠습니다. 이성의 입에서 드디어 이조좌랑의 이름이 나오자 한정효는 집었던 육전을 내려놓고 슬며시 등을 똑바로 세웁니다. 이성은 문선사(조선 시대 문관에 대한 사무를 맡아 보던 부서)의 실질적 책임자라 할 이조좌랑의 협조 덕분에 가능했다는 예의 바른, 혹은 의미심장한 치사로 말문을 열고는 비로소 신윤중에 대한 정보를 공개합니다.

정유년 별시에 급제해 관료의 길에 들어선 신윤중은 예조좌랑, 영해부사, 진주목사 등을 역임한 뒤, 십 년 전에 세상을 떠났습니다. 신윤중에 대한 세인들의 평가는 나쁘지 않은 편이었습니다. 재능이 뛰어났음에도 드러내기보다는 숨기기에 바빴고, 당대의 관인들에게서는 이미 보기 힘든 미덕이었던 굳은 지조까지 갖추고 있어 권문세가의 집 근처에도 얼씬거리지 않았습니다. 진주목사 시절에는 큰 흉년을 한 차례 겪었는데 사재를 탈탈 털어 빈민을 구제하는 선정을 베풀어 내외의 신망을 두루 얻었습니다.

그러나 양지의 곁엔 음지가 있기 마련입니다. 비교적 순탄했던 관운과 호의적인 문구로 가득한 세인들의 평가 뒤에는 또 다른 신윤중의 모습이 존재했습니다. 신윤중의 뿌리를 우선적으로 지적하지 않을 수 없는데 그건 그의 집안이 대대로 남인에 속했기 때문입니다. 노론 청명당이 수십 년 동안 다수당의 지위를 꽉 잡고 놓지 않고 있는 상황에서 비록 신윤중 본인은 당색과 무관한 삶을 살려고 무진 노력했다고는 하나 그렇다고 당쟁의 와중에 유배지에서 사망했던 아버지의 행적이나 이인좌의 난에 얽혀 목숨을 잃은 장인의 이름, 그리고 어려서 친하게 지냈다는 재야 남인의 대표적 인사인 이익과의 인연까지 유행가 가사처럼 지우개로 싹싹 지워 없었던 것으로 할 수는 없는 일이었으니까요.

이상이 이성이 전한 정보의 대략입니다. 돼지 꼬리처럼 둥글게 말려 잘 보이지도 않는 잗다란 사연 하나를 제외한다면 말이지요. 이성은 그 사연에 등급 외라는 딱지를 붙여 일찌감치 정보의 반열에서 제외한 것이 분명합니다. 그것 말고 더 없느냐는 한정효의 반문에 한참을 생각하다 그렇지, 라는 감탄사에 이어 그로서는 드물게 수식어도 없이 짧게 언급하고 지나간 것이 그 증거입니다.

"뭐 지극히 사소한 사건이 하나 있기는 있었어. 관직 생활 초기에 B역 참에서 찰방을 지낸 적이 있는데 역마 두 마리를 빼돌렸다는 혐의로 조사를 받았거든. 도적들의 소행으로 어영부영 결론이 나긴 했지만 관리 부실인 게 사실이라 파직을 면하지는 못했지. 물론 워낙 경미한 사안이어서 몇 달 후엔 다시 복직되었고. 내가 말했듯 흠이라 부를 것도 없는 작고 작은 사건이지."

이성이 등급 외로 분류한 이유는 명백합니다. 앞서 소개한 신윤 중의 청백리에 버금가는 청렴한 행적을 고려해 본다면 도무지 생각 할 수 없는 일이다 보니 아무래도 우발적인 사건 이상의 의미를 부 여하기는 어렵기 때문입니다. 그러나 한정효의 입장에서는 그냥 넘어 갈 수가 없습니다. B역참은 A현에서 가장 가까운 곳에 위치한 역참입 니다. 단순한 우연이라 보기엔 어딘가 찜찜한 구석이 있습니다. 그러 나 우연 이상의 것이 도대체 뭐냐고 다그쳐 묻는다면 한정효로서는 할 말이 없습니다. 그러니 당장은 B역참, 말 두 마리 도난, 도대체 왜, 하는 식으로 키워드만 간단하게 정리해 머릿속에 넣어 둘 뿐이지요.

생선 구이를 깔끔하게 발라 먹었으니 이제는 두 번째 요리인 스테 이크를 맛볼 차례입니다. 격식 있는 자리라면 시간이 지날수록 손님 의 찬탄을 불러일으킬 만한 음식을 내놓는 것이 상례에 부합하는 일일 터입니다. 그러나 두 번째 요리를 내놓는 이성의 표정은 특유의 활기를 잃고 시들하기까지 합니다. 대접을 받는 자가 아직 시식을 시작하지 않았음에도 주최자 스스로 실패한 요리임을 자인하는 꼴이라고나 할까요? 우리는 왜 이런 사소한 인물의 행적까지 관심을 갖느냐는 이조좌랑의 말부터 슬며시 전하는 이성의 발언을 통해 그의 생각을 어렵지 않게 읽을 수가 있습니다.

잠시 후 이성은 아예 무대에 서서 연기하듯 과장되게 마음을 드러냅니다. 한정효가 정보를 요청한 첫 번째 인물인 신윤중은 비록 가난한 남인이라는 당파적 태생적 약점은 있지만 정치적 이력이 제법 화려한데다가 청백리에 가까운 삶의 모습도 일견 그럴듯하여 정보 중개자로서 제법 뿌듯한 마음을 가질 수 있었으나 두 번째 인물인 엄택주는 가문, 이력 등의 기본적인 전제에서부터 존재감이 거의 없어서, 겉으로는 싹싹한 척해도 실은 거만하기 그지없고 장차 청명당의 당수가 되어 정승의 반열에 오르겠노라는 제 주제에도 어울리지 않는 터무니없는 야심을 보유하기까지 한·동갑내기이자 재수 없는 이조좌랑으로부터 안 들어도 될 소리를 잔뜩 들었다는 말입니다.

한정효는 미안한 마음을 듬뿍 담아 씩 웃습니다. 이성은 한정효의 커다란 눈을 삼 초 가량 들여다보고는 쿨이라는 단어의 정의에 일백 퍼센트 부합하는 깔끔한 미소를 짓더니 신윤중에 비하면 지나치게 소략하다 할 엄택주의 정보를 드디어 꺼내 소반 위에 올려놓기 시작합니다.

을사년 증광시에 급제해 관료의 길에 들어선 엄택주는 연일 현감, 제주 판관 등을 역임한 뒤 오 년 전에 현역에서 은퇴했습니다. 그 이후의 행적은 밝혀진 바 없습니다. 엄택주가 나쁘지 않았던 성적에도 불구하고(44명 중 17위) 청요직으로 가는 길과는 거리가 멀어도 한참 먼 교서관에 발령을 받고 스스로 그만두는 그날까지 외직을 전전했던 건 당색조차 분명하지 않은 한미한 가문의 영향이 컸습니다. 사대조와 모계, 처가를 통틀어 생원, 진사 딱 한 명씩이 전부였으니 엄택주의 분발이 아니었다면 양반으로서의 명맥이 아예 끊길 판이었지요.

이상이 이성이 전한 정보의 전부입니다. 듣는 내내 속을 도무지 알 수 없는 모호한 표정을 짓고 있던 한정효는 자신의 이름을 부르는 이성의 부드러운 목소리에 자다 깬 듯 화들짝 놀라 더 없느냐고, 그게 들은 정보의 끝이냐고 갑자기 채근하듯 묻습니다. 부하이자 오랜 벗의 질책하는 듯한 질문에 이성은 어떻게 반응했을까요? 가타부타 말을 하지 않는 전략을 채택했습니다. 자신이 하는 말을 내내 즐기는 것 같던 이성이 갑자기 입 다물고 술 한 잔을 스스로 따라 마시는 무례까지 범하는 것을 보며 한정효는 고민합니다. 고민한다고 쓰기는 썼지만 여기까지 읽은 당신도 짐작할 수 있다시피 사실 고민하고 말 것도 없는 일이지요. 왜냐하면 이성에게 정보를 부탁했을 때부터 어느 정도의 자기 고백은 각오했던 일이니까 말이에요.
앞서도 말했듯 한정효는 가끔 독단적으로 행동하는 실수를 범하기는 해도, 그보다 더 가끔씩 욱하는 버릇을 갖고 있기는 해도, 기본적으로는 진중한 성격입니다. 이성의 든든한 입지를 활용해 이익을 내려는 저열한 모략꾼의 마음이 한정효의 머릿속에는 거의 없다는 뜻입니다. 그럴 만한 기회가 여러 차례 있었음에도 이성에게 사적인 부탁 같은 것을 거의 하지 않고 살았다는 뜻입니다(거듭 사용한 '거의'라는 표현에 유의해 주기를 바라겠습니다). 그런 한정효가 A현으로 떠난 지 얼마 되지 않아 이름부터 낯선 두 사람의 정보를 알아봐 달라는 편지를 열세 살 시동의 손에 들려 보낸 것입니다. 급한 일이라도 있나 보다 하고 서둘러 그 편지를 읽은 이성이 과연 무슨 생각을 했을지, 정보를 모으는 과정에서 무엇을 떠올렸는지는 당신의 상상에 맡기겠습니다. 그래서 한정효는 오랜 벗이자 상관인 이성의 기분이 더 상하기 전에 서둘러 자신이 모은 정보를 제공합니다. 그 정보의 대부분은 우리가 이미 알고 있는 것입니다. 좌수가 들려준 첫째, 둘째, 셋째, 넷째, 다섯째가 바로 그것입니다. 그 정보에는 엄택주의 이름이 단 한 차례도 등장하지 않음을 당신은 뾰족하니 잘 다듬은 손톱을 내 눈앞에서 칼날처럼 휘두르며 지적할 수도 있겠습니다.

아, 나는 다 알고 있습니다. 영민한 쪽에 가까운 당신이 다 알면서도 아무 것도 모르는 것처럼 그래서 이 대목에서 입가에 어리숙해 보이는 미소 하나 머금고는 유난스레 미련하게 굴며 빡빡 우겨 대는 이유를 말이지요. 그러니까 당신은 내 입으로 말하기를 원하는 것입니다. 이미 명명백백해진 그 하나의 문장을 아예 이즈음에서 환한 정원으로 끌어올려 공식화하기를 바라는 것입니다. 당신의 의견에 동의하는 나는 그래서 이제 더 이상 비밀이라 할 것도 없는 문장을 씁니다.


한정효는 말합니다.

"아무래도 엄택주가 이만강인 것 같아."

이성은 고개를 끄덕이다 말고 다시 갸웃하며 묻습니다.

"이만강은 이미 사십 년 전에 죽었다면서?"

"검안을 살펴봤어. 예상대로 허술하더군."

"사인이 명명백백했을 테니까. 괜한 일에 시간과 비용을 낭비할 이유는 없었을 테니까."

"그렇기는 해. 그랬으니까 부모를 데려다 신원만 확인하고 일차 검시만으로 사건을 종결지었겠지."

"절차대로 처리한 것뿐인데 도대체 뭐가 문제인가?"

"그게 말이지, 지나치게 명명백백하다고나 할까?"

"짜기라도 한 것처럼 아귀가 딱딱 들어맞는다는 거로군."

"시체가 발견되기 쉽도록 하천변에 보기 좋게 놓여 있었던 것 하며, 익사체라 온 몸이 퉁퉁 불었던 것 하며, 알아보기가 불가능할 정도로 얼굴이 크게 손상되었던 것 하며……."

"시체가 이만강이 아닐 가능성도 있다는 말인가?"

"그렇게 물으면 내세울 증거는 없지. 하지만 그 시체가 이만강이라는 증거 또한 부모의 진술 말고는 없었으니 이 또한 빈약하기는 마찬가지지."

"재미있는 추리일세. 그러니까 자네는 이만강이 다른 시체를 이용해 죽음을 가장하고는 도망쳤다고 믿는 게지?"

"그렇지. 다만……."

"다만?"

한정효는 금방 말을 잇지 못합니다. 엄택주가 이만강일지도 모른다는 가정은 우리가 알다시피 단 하나의 사실에만 기초하고 있습니다. 이천강의 얼굴이 엄택주와 판박이처럼 닮았다는 한정효의 극히 주관적인 느낌 말입니다. 그런데 정말 그럴까요? 그 직감 하나만으로 그 어렵다는 대과에 급제하고 제주 판관까지 역임한 엄택주에게 범죄자라는 오명을 씌워도 되는 걸까요? 우리는 한정효 스스로 했던 생각을 내세움으로써 이에 정면으로 반박할 수 있습니다. 엄택주를 처음 대면한 순간 한정효는 어떤 '느낌'을 가졌던가요?

'말 탄 이는 양반이다. 그냥 양반도 아니고 뼛속 깊이 양반이다.'

내면에서 솟아오른 드라이아이스급 자욱한 안개에 휩싸여 앞과 뒤도 분간하지 못하게 된 한정효는 "아무 것도 아닐세."라는 문장으로 발언을 마무리합니다. 이성은 그렇다면, 이라고 말하려는 듯한 표정을 지어 보이더니 협상 무기로 감춰 놓았던 부가 정보를 여유로운 미소에 담아 내놓습니다.

"내가 말하지 않았던 정보라는 건 별 게 아니야. 엄택주는 불명예스럽게 벼슬길에서 물러났다는 뭐 그런 이야기야. 제주목사인 김명서가 공물을 빼돌린 비리 혐의가 있다며 판관 엄택주를 고발했거든. 그런데 재미있는 건 사헌부의 조사가 이뤄지기도 전에 엄택주 스스로 잘못을 인정하고 판관직을 내려놓았다는 거야. 그 때문에 사건은 유야무야 마무리되었는데 생각해 보면 그 점이 매우 아쉬운 일이지."

"왜 그렇게 생각하는 건가?"

"지금은 현직에서 물러난 김명서가 서울에서 손꼽히는 거부라는 사실은 자네도 눈이 있고 귀가 있으니 잘 알고 있으리라 믿네. 그런데 그 재산이 도대체 어디에서 나왔을까? 김명서의 집안이 그리 탄탄했던 것도 아닌데 말일세. 혹시 비리의 당사자가 김명서였던 것은 아닐까? 성실한 판관이었던 엄택주가 그 사실을 파헤치자, 그것도 적당한 선에서 멈추지 않고 계속 파헤치자 선수를 쳐서 엄택주를 먼저 고발한 게 아닐까? 부임지마다 구설수가 끊이지 않았으나 그때마다 미꾸라지처럼 법망을 피해 갔던 김명서의 요란했던 과거를 고려하면, 또한 김명서의 부임이 엄택주보다 일렀다는 사실까지 더해서 고려하면 그게 더 현실성 있는 추측이 아닐까?"

생선 구이와 스테이크로 포식했으니 남은 것은 입안을 말끔하게 정리해 줄 후식뿐입니다. 아닌 게 아니라 매화 한 줄기가 그려진 백자 그릇에 담긴 수정과는 차고 답니다. 혹은 느끼기에 따라서는 달고 찹니다. 이성은 수정과로 입가심을 한 후 내색은 안 했어도 미리 준비한 게 틀림없는 간략한 폐회사를 읽습니다.

첫 번째 문장은 '하나도 걱정하지 마라.'로 시작합니다. 이성은 한정효의 정직 기간이라 봐야 세 달 이내일 것이라고 과감하게 예측합니다. 한정효가 고개를 끄덕이자 이성은 잘생긴 중지를 하늘을 향해 치켜들고는 꼰대들은 고루해서 문제라는 논평을 내놓습니다. 임금과 매번 각을 세워서도 곤란하지만 그래도 싸울 땐 싸워야만 하는데 태생적으로 전투를 두려워하는 그들은 결정적인 시기에는 꼭 타협을 택한다고 핏대를 올립니다. 그러나 이내 목소리를 차분하게 다듬은 이성은 꼰대들의 성향이 어떻든 간에 그들이 꼰대의 자리를 지키고 있는 한에는 나서라면 나서고 자빠지라면 자빠지는 흉내라도 내는 것이 당원의 신분에는 어울리리라는 보수적이고 원론적인 해설을 보탭니다. 그러니 남은 기간 동안 천하를 유람하거나 아니면 소일 삼아 전 제주 판관 엄택주의 흥미진진할 것으로 짐작되는 과거를 파헤치며 낙락한 삶을 보내는 것이 앞날을 위해서도 좋으리라 조언합니다. 폐회사를 마친 이성은 한정효의 어깨를 툭 치며 충심에서 우러난 한 마디를 던짐으로써 둘의 깊고 아름다운 우정을 증명하지요.

"부디 단점을 감추려 하지도 말고, 장점을 드러내려 애쓰지도 말게나. 무난하고 진중하게 행동하게. 그러면 자네의 앞길은 만사형통일 테니. 다른 건 몰라도 그거 하나는 보장할 수 있다네."

# 이론과 실천

　나는 몇 달간 손발을 제대로 움직이지도 못했습니다. 내 딴엔 목숨을 걸었던 도주에 지쳐 육체의 기운이 마른 논바닥처럼 완전히 고갈된 탓도 있을 것이고, 다행히 선생을 만나 그때까지 했던 모든 염려를 한순간에 바닥에 내려놓은 탓도 있을 것이고, 독사 같던 못된 주인에게 받았던 온갖 설움이 자기 먼저 봐 달라는 듯 한꺼번에 나타나 경쟁하듯 내 온몸을 손톱으로 박박 긁어 대서 그런 탓도 있을 것입니다.

　어쨌거나 선생에게 크게 죄송한 일이었습니다. 선생을 따라나설 때만 해도 내 나름의 방법으로, 아니 뼈와 살을 깎고 베어서라도 그 하늘같은 은혜를 갚아 나가겠다는 생각이 머릿속에 가득했지만 실제의 나는 도움이 되기는커녕 선생의 새로운 짐이 되었습니다. 그러나 선생은 나를 채근하지 않았습니다. 하루라도 빨리 일어나려고 어깨 들썩이는 나를 억센 손으로 눌러 강제로 눕혔고 미안한 마음에 입맛 없는 아이처럼 조금씩만 먹는 나에게 무엇보다도 배불리 먹어야 한다며 밥 먹는 내내 감시의 눈길을 거두지 않았습니다. 모르는 이들이 보았다면 선생이 나를 험히 다룬다고 여겼을 것입니다. 실상은 그렇지 않았지요. 그건 진심에서 우러난 염려에서 비롯된 감시였기에 나는 기꺼이 그 구속을 받아들였습니다.

아, 은자처럼 구름처럼 외딴 곳에서 홀로 자유롭게 사는 선생을 보며 나는 전에 없던 새로운 바람 하나를 드디어 갖게 되었습니다. 몸을 추스르는 동안 그 바람은 점차 폭풍이 되어서 안에 품고 있을 수만은 없게 되었고, 그래서 나는 팔다리를 자유롭게 움직일 수 있게 되자마자 건방지게도 고맙다는 말보다 그 바람부터 대뜸 선생에게 털어놓고 말았습니다. 그러자 선생은 자신의 이야기부터 들려주었습니다. 더 이상 노비로 살고 싶지 않다는, 은혜도 모르는 건방지고 당돌한 내 바람을 들은 선생은 나를 책하기는커녕 아름다운 옛이야기를 들려주었습니다. 어느 뼈대 있는 가족이 고립무원의 자신을 가족의 일원으로 받아 주었다는 믿기 힘든 옛이야기의 일부를 들려주었습니다. 선생은 그 가족의 품이 무척 커서, 시공간을 초월할 정도로 광대해서 나 또한 그 가족의 일원이라는 믿기 힘든 말을 했습니다. 노비로 살고 싶지 않다는 배은망덕한 내게, 방법을 알려 달라고 막무가내로 조르는 내게 선생은 뜻밖에도 가족을 말했습니다.

가족, 가족, 가족.

76

아버지와 어머니도 모르는 노비에게, 헛된 상상만 즐기던 나에게 선생은 따뜻한 가족을 선물처럼 내밀었던 것입니다. 선생은 가족이 요구하는 건 단 하나뿐이라고 했습니다. 그건 바로 배워야 한다는 것이었습니다. 내가 동의하자 선생은 나를 가르치기 시작했습니다. 노비로 살지 않으려면 배우고 생각하는 일을 게을리하지 말아야 한다면서, 책만 들여다보는 공부가 아닌 진짜 공부를 해야 한다면서, 과거 공부하는 양반보다도 더 열심히 삶에 대한 공부를 해야 한다면서, 그래야 오래지 않아 벼락처럼 닥쳐서 장마처럼 끈덕지게 달라붙을 긴 긴 고난의 날들에 좌절하지 않고 견딜 수 있다면서, 나를 제자로 삼아 가르치기 시작했던 것입니다.

선생은 내게 유교의 허황할 정도로 아름다운 이론들을 제일 먼저 알아야 한다고 했습니다. 별처럼 많은 이론 중 가장 아름다운 것은 장횡거가 내세운 《서명》이라고 했습니다.

하늘을 아버지라 부르고, 땅을 어머니라 부른다. 나의 이 조그만 몸은 그 가운데 뒤섞여 있을 뿐이다. 천지 사이에 가득한 것이 나의 형체가 되었고, 천지를 이끄는 것이 나의 본성이 되었다. 백성은 나의 동포이며, 세상의 온갖 사물은 나와 함께 사는 무리이다.

선생은 공자가 자주 말했던 서(恕)의 이론 또한 참 아름답다고 했습니다.

자공이 죽을 때까지 행할 만한 한 마디 말이 있느냐고 묻자 공자는 이렇게 답했다. 서이니라. 자기가 원하지 않는 것을 절대로 남에게 시키지 말라는 뜻이다.

선생은 공자가 원칙으로 삼았던 복과 불복의 이론 또한 서 못지않게 아름답다고 했습니다.

애공이 어떻게 해야 백성이 복종하는지 묻자 공자는 이렇게 답했다. 어렵지 않답니다. 정직한 이를 쓰고 부정한 자를 내치면 백성이 복종합니다. 부정한 자를 쓰고 정직한 이를 내치면 백성이 불복합니다.

선생은 맹자가 힘주어 말한 만물비아의 이론 또한 참 아름답다고 했습니다.

만물, 그것은 다 나에게 갖추어져 있는 것이다. 내 몸을 돌이켜 보아 성실하면 이보다 더 큰 즐거움이 없는 것이다. 그러니 서를 힘써서 행하는 것이 인을 구하는 가장 좋은 방법이다.

선생은 맹자가 유난히 강조했던 측은지심의 이론 또한 만물비아 못지않게 아름답다고 했습니다.

어린아이가 우물을 향해 기어가는 장면을 목격했다고 가정해 보자. 인간이라면 누구라도 그 순간 가슴이 철렁하는 측은한 마음을 느끼며 그 아이를 구하러 달려갈 것이다. 왜 그러는 걸까? 그 아이의 부모와 좋은 인연을 맺으려고 그러는 것일까? 사람들에게 칭찬을 들으려고 그러는 것일까? 혹시 구하지 못했다고 욕을 먹는 게 두려워서 그러는 것일까? 그렇지 않다. 이해득실을 따져서 그 아이를 구하러 간 것이 아니다. 인간이기 때문에, 자신과 같은 인간이 속수무책으로 당하는 꼴을 차마 눈 뜨고 볼 수 없기 때문에 움직인 것이다. 이로 미루어 볼 때 측은지심이 없으면 사람도 아니다.

선생은 그러나 이론은 이론일 뿐이라고 했습니다. 이론이 아무리 아름답더라도 이론에만 머물면 아무 소용이 없다고 했습니다. 추상적인 이론이 몸으로 체화되어, 즉 깨달음과 각오의 형태로 바뀌어 세상으로 나올 때, 그 이론은 처음보다 백배, 천배 더 아름다워진다고 했습니다. 선생은 이론을 깨달음과 각오의 형태로 드러내 세상을 밝게 빛낸 이 중, 기인 이지함을 제일 먼저 꼽았습니다.

포천 현감 이지함이 관아에 첫 출근했다. 아전이 관례대로 음식상을 올리자 이지함은 한참 바라보다가 고개 저으며 먹을 게 없다고 말했다. 아전은 마당에 무릎 꿇고 사죄한 후 다시 상을 차렸다. 상다리가 부러질 정도의 진수성찬이었다. 그러나 이지함은 힐끔 본 후 이번에는 아까보다 먹을 게 더 없다고 말했다. 무슨 소리인지 알아먹지 못해 어리둥절한 아전에게 이지함은 백성은 굶주리는데 관아라는 곳엔 도무지 절제가 없다고 말했다. 자신은 거친 잡곡밥 한 그릇과 우거짓국이면 충분하며 밥상조차도 미안하고 과분하니 삿갓 상자에 올리면 된다고 했다. 다음 날 지역의 유력 인사들이 인사차 왔다. 이지함은 시래기죽을 쑤어 대접했다. 모두 먹자마자 토했으나 이지함만은 그릇을 다 비웠다.

선생은 스승의 어릴 적 벗이었다는 처사 이익을 그다음으로 꼽았습니다.

이익은 이렇게 썼다. 나란 사람이 원래부터 글을 좋아하기는 하지만 사실 하루 종일 공부하느라 끙끙거려도 실 한 올, 쌀 한 톨 내 힘으로 마련한 적은 없음을 고백하지 않을 수 없다. 그러니 내가 어찌 천지 사이의 한 마리 좀스러운 벌레가 아니겠는가? 조상에게서 물려받은 재산이 있어 그럭저럭 먹고 살기는 하나 사실 가난한 나라를 위한 가장 좋은 계책은 덜 먹는 일이다. 한 그릇에서 쌀 한 홉을 절약하면 하루 두 끼로 계산해 두 홉을 모을 수 있고, 한 집에 열 식구로 계산하면 두 되를 모을 수 있고, 한 고을에 만 가구로 계산하면 이 천 말을 모을 수 있다. 쓸데없이 허비되는 것은 한 푼 한 홉도 모두 아까운 것이다.

선생은 역적으로 몰려 죽은 허균을 그다음으로 꼽았습니다.

허균은 벗에게 보내는 편지에서 이렇게 썼다. 세상의 불우한 이들은 모두 우리의 책임이라네. 어느 날 문득 그 사실을 깨달은 후엔 밥상을 대할 때마다 부끄러워 땀이 줄줄 흐르며, 음식을 먹어도 제대로 넘어가지를 않는다네.

선생은 미친놈 소리를 들으며 온 나라를 떠돌았던 김시습을 그다음으로 꼽았습니다.

김시습은 이렇게 썼다. 백성은 피와 살이 있어 참으로 슬프게 산다. 가진 자는 어떠한가? 백성의 가죽을 벗겨서 피를 빨고 뼈를 다 도려내고도 그들의 욕심은 그칠 줄을 모른다. 앞에서 잘 달리던 수레가 엎어진 일이 역사책에 잘 나와 있건만 어리석고 탐욕스러운 이들은 자기는 그렇지 않다고 여기고 포악질을 멈출 줄 모른다. 당신들은 두 눈으로 보지도 못하는가? 당신들이 집 한 채 지으면 열 집이 먼지가 되어 흩어지는 것을. 얼마 되지 않는 짐을 머리에 이고 등에 지고 울며불며 제대로 걷지도 못하면서 변방, 또 변방으로 쫓겨 가는 것을.

선생은 이 아름다운 이론과 새로운 깨달음과 결연한 각오들을 어릴 적 스승 그러니까 자신의 유일했던 스승에게서 배웠다고 했습니다. 내가 "참 좋은 스승을 만나셨네요." 라고 진심으로 감탄하며 말하자 선생은 아무 말 하지 않고 천장을 쳐다보았습니다. 한참 후 선생은 이상한 말을 했습니다. 이론은 늘 아름다우나 사람은 늘 아름답지는 않다는 말을 했습니다. 그리고 늘 아름답지는 않기에 사람은 오히려 뜨거우며 늘 아름답기에 이론은 오히려 차갑다는 말을 했습니다. 변덕스러운 결기와 죽음을 각오한 행동이 때로는 완벽한 이론보다 백배는 낫다는 말을 했습니다. 하늘의 별보다 추락하는 별똥별이 아름다운 것도 그 때문이라고 했습니다. 넓은 집보다 버려진 무덤이 따뜻한 것도 그 때문이라고 했습니다. 양반에게서 인정받지 못한 기인, 처사, 역적, 미친놈이 어느 순간 더 양반 같아 보이는 것도 그 때문이라고 했습니다.

둔한 나는 선생의 말을 제대로 알아들을 수 없었습니다. 추락하는 별똥별이며, 버려진 무덤하며, 묻고 싶은 것이 지네 다리보다 더 많았지만 나는 한 가지도 물을 수 없었습니다. 아니, 물어서는 안 되었습니다. 선생의 꽉 다문 입술은 이미 그 어떤 답도 밖으로 내보내지 않을 결연한 태세를 갖추었습니다. 하긴, 그 모습이 바로 답이기는 했습니다. 선생의 꽉 다문 입술은 나는 죽어도 그것에 대해 말해 주지 않을 테니 너의 작고 좁은 머리로 고민하고 생각해서 알아내라는 소리 없으면서도 요란한 답을 이미 내게 주고 있었으니까요.

## 사랑보다는 강물에 빠지세요

시골 훈장 신연호가 던진 갑작스러우면서도 순진무구한 질문에 홍문관 부교리 한정효는 곧바로 입을 열지 못하고 그답지 않게 허둥대다 그만 민망한 웃음을 지어 보이고 말았습니다. 답하기 어려운 질문이어서가 아니었습니다. 《논어》에서 가장 좋아하는 문장이 무엇이냐는 질문은 시골 훈장답게 소박하고 단순했습니다. 부지런하고 자애로우나 신경증적인 임금이 시도 때도 없이 시험하듯 툭툭 던지는 곤란한 질문들만 전문으로 상대하던 그에게 《논어》는 기초 영문법 수준에 지나지 않았지요.

문제는 그 질문을 받은 한정효의 머릿속에 하필 《논어》〈옹야〉 편의 문장 하나가 저요, 하고 손들고는 제일 먼저 떠올랐다는 것입니다. 말재주가 뛰어나거나 굉장한 미남이 아니면 요즈음 세상에서 화를 면하기가 어렵다는 내용의 문장이 말입니다. 따뜻한 권면 혹은 날카로운 일침이라기보다는 가벼운 세태 한탄에 가까운 그 문장을 신연호에게 답이랍시고 들이밀 수는 없는 일이었습니다.

물론 언젠가부터 우리의 주인공 노릇을 하고 있는 한정효가 이목구비 모두 흠잡을 곳 없이 잘생겼으며, 길게 말을 하지 않아서 그렇지 일단 말을 꺼내면 논리적이고 날카로운 연설을 수십 분 동안 쉬지 않고 퍼부을 수 있는 훌륭한 재주를 지녔음은 분명합니다. 그러나 영화배우 뺨치게 잘 생긴 이목구비와 사이비 정치가에 필적할 만한 훌륭한 말솜씨에도 불구하고 그 문장을 내세울 수 없는 것은 다른 무엇보다도 그 문장이 신연호가 한 질문에 제대로 부합하는 답이 아니었기 때문입니다.

한정효가 외모에 환장한 인간이 아닌 이상(그 잘난 용모 때문에 결국 조광조가 비명횡사에 가까운 죽음을 맞았다는 것을 아는 이상) 다른 좋은 문장들을 마다하고 하필 그 야릇한 문장을 좋아할 만한 이유는 없었지요. 그럼에도 우리가 읽고 들어서 아는 《논어》의 본류와는 사뭇 차이가 나는 그 문장이 무의식 속에서 곧바로 튀어나온 이유를 한정효의 복잡하고 미묘한 처지, 즉 잘생기고 말솜씨도 훌륭한 홍문관 부교리라면 공자도 한탄했듯 세상사가 참으로 쉬워야만 하는 것이 정상이지만 그렇기는커녕 어느 순간부터 부교리인 것도 그렇지 않은 것도 아니게 되어 버린 예의 그 부조리한 상황에서 찾는 것은 그다지 무리한 추론은 아니리라 믿습니다.

그렇다고 처음으로 만나 인사를 나눈, 그러니 남이나 마찬가지인 시골 훈장에게 〈옹야〉 편의 그 문장이 제일 먼저 떠올랐다는 이유 하나만으로 그 문장을 읊은 후 배경을 설명한답시고 구중궁궐의 암투까지 부록으로 달아 생생하게 전달할 수는 없는 일입니다. 그래서 한정효는 〈옹야〉 편 다음으로 생각해 낸 〈공야장〉 편의 문장, 즉 노인은 편안하게 모시고, 벗은 끝까지 믿어 주고, 젊은이는 편안한 기분이 들도록 품어 주고 싶다는 공자의 꿈을 담은, 누가 봐도 모범적인 문장을 입 밖에 냅니다. 장래가 유망한 홍문관 관료다운 훌륭한 선택이라는 공치사에 가까운 답변을 들었으니 그럴 마음은 전혀 없었으나 최소한의 예의를 차리기 위해서라도 똑같은 질문을 신연호에게 하지 않을 도리는 없게 되었습니다. 신연호는 시골 훈장답게 잠시의 머뭇거림도 없이 곧바로 대답합니다.

"〈안연〉 편의 문장이지요. 번지라는 제자가 공자에게 물었습니다. '인'이란 무엇입니까? 공자의 답은 짧았지요. 사람을 사랑하는 것이다 (愛人). 번지가 또 물었습니다. '지'란 무엇입니까? 이번에도 공자의 답은 명쾌했지요. 사람을 아는 것이다(知人). 애인과 지인, 이게 바로 제가 제일 좋아하는 문장입니다."

갑작스러운 논어 문답에 당신의 입이 한 사발은 족히 튀어나와 있으리라 믿습니다. 당신이 가장 궁금하게 여기는 건 밑도 끝도 없이 등장한 신연호가 도대체 누구냐 하는 것일 터이겠지요. 잠깐 추리해 보는 시간을 주고 싶은 마음이 굴뚝같지만 아까부터 어깨를 휙휙 돌리는 당신의 분위기가 심상치 않으니 더 뜸 들이지 않고 곧바로 말하겠습니다. 신연호는 십 년 전에 세상을 떠난 신윤중의 아들이랍니다.

신윤중은 벼슬길에서 물러난 후 C현에서 살다가 생을 마감했습니다. 아버지가 죽자 진사 신연호는 대과를 과감히 포기했지요. 경쟁이 극심한 관료 사회 대신 C현의 양반 자제들을 가르치며 사는 유유자적의 삶을 택했던 것이지요.

그렇다면 우리의 한정효는 언제 C현에 왔을까요? 이성과의 회동 후 이틀을 더 서울에 머물렀다가 C현으로 왔답니다. 일찍이 안면이 있었던 현감을 통해 신연호에 대한 대략의 정보를 얻었고, 객사에서 밤을 보냈습니다. 늦은 아침까지 다 챙겨 먹고서야 신연호의 집으로 향한 한정효는 홍문관 부교리라는, 사연 많아 지겹게 들리는 직위부터 밝히고는 곧바로 이만강의 이름을 꺼내 들었습니다. 이 부분이 흥미롭습니다. 원수라는 단어와 동급일 이만강의 이름을 들은 신연호는 어떤 반응을 보였을까요? 이를 갈았을까요, 치를 떨었을까요, 욕을 퍼부었을까요? 그 내용은 이미 적었습니다. 신연호는 한정효의 커다란 눈을 한참 들여다보더니 갑자기 《논어》에서 가장 좋아하는 문장은 대체 무엇이냐고 물었던 것입니다. 그래서 한정효는 무의식 속에서 즉각적으로 떠오른 괴이한 문장은 보류해 놓은 뒤 검열을 거쳐 모범적인 문장을 답으로 내놓았고, 신연호는 애인과 지인의 문장으로 화답했던 것입니다.

그렇다면 정작 한정효가 알고 싶어 안달복달했던 것, 이만강이라는 이름을 돌려 말하지도 않고 직설적으로 들이댐으로써 *끄집어내고자*

했던 것에 대한 신연호의 답은 도대체 언제 나왔을까요?《논어》문답 뒤에 등장했답니다. 분위기 파악도 끝마치기 전에 성급하게 내민 이만강의 이름 때문에 속 좁은 시골 훈장의 심사가 공연히 뒤틀린 건 아닌가 하는 의심이 한정효의 마음속에서 스멀스멀 기어서 마침내 그 징그러운 대가리를 입술 사이로 드러내기 시작했을 무렵에 갑자기 툭 튀어나왔습니다.

"이만강을 죽인 건 내 아버지입니다."

신연호의 고백을 진주목사까지 역임한 전직 관료 신윤중이 자신의 두 손으로 천인 이만강을 죽였다는 의미로 받아들일 사람은 아무도 없으리라 믿습니다. 그렇습니다! 그렇습니다! 당신이 추측한 게 맞습니다. 신연호의 고백은 물리적인 살인에 대한 고백이 아니지요. 무슨 말이냐, 심리적인 무언가가 배경에 자리하고 있다는 뜻이지요. 그러나 물리적이건 심리적이건 간에 한 사람의 죽음을 다짜고짜 자기 아버지의 탓으로 돌리는 신연호의 단정적인 발언에는 똑똑한 당신과 함께 숙고해 보아야 할 커다란 문제가 존재합니다. 윤리적 문제를 따지자는 게 아닙니다. 패륜아가 판치는 세상에서 제 아버지를 욕하는 게 드문 일은 아니니까요. 조선이라고 사정이 다를 것은 없었답니다.

그럼 뭐냐, 사건이 발생했을 당시 신연호의 나이가 고작 여섯 살 밖에 되지 않았다는 지극히 현실적인 문제를 살펴보자는 것이지요. 신동으로 유명한 김시습의 경우에서 보듯 다섯 살 나이에 이미 문리가 트여 자신의 생각을 능숙하게 글로 옮겨 적을 수 있는 사례도 찾아보면 아주 없지는 않겠지만 일반적인 지능을 가진 대여섯 세 남아의 발달을 고려해 본다면 자신의 주변에서 벌어진 어떤 일의 인과 관계를 명확하게 인지하고 냉정하게 분석하고 완전무결하게 판단해 합당한 결론을 내리기란 사실상 불가능하다는 말입니다. 그럼에도 신연호가 이미 답이 정해져 있는 거나 마찬가지인 최종심을 담당한 대법관처럼 단호하고 의심 없는 어투로 자신의 친아버지를 죄인으로 판결한 이유는 도대체 무엇일까요? 그가 보았기 때문입니다. 그의 두 눈으로 아버지가 죄를 지은 현장을 똑똑히 보았기 때문입니다.

신연호의 담담한 고백은 새벽에 들린 우당탕탕 소리에 잠이 깬 부분부터 시작됩니다. 뒷간에 가려던 신연호는 문을 열었다가 우연히 부모가 밖으로 뛰어나가는 장면을 목격했습니다. 화장실도 급했으나 집에 혼자 남는 건 오줌을 지리는 것보다 열 배는 더 싫었기에 서둘러 부모의 뒤를 따랐습니다. 집 밖으로 나가고 보니 뛰는 건 부모와 신연호만이 아니었습니다. 고모 또한 뛰고 있었습니다. 한밤중에 열린 달리기 대회는 오래 지속되지는 않았습니다. 체구가 작은 고모는 보폭이 넓은 아버지에게 금방 따라잡혔지요.

그러나 숨도 돌리기 전에 반전이 일어났습니다. 참가 신청도 하지 않았던 인물이 어둠 속에서 갑자기 툭 튀어나왔던 것입니다. 노비 이만강이었습니다. 이만강은 아버지 앞에 무릎 꿇고 앉아 울먹이며 잘 알아들을 수 없는 말을 했습니다. 한참 동안 귀 기울이던 아버지는 어느 순간 매정하게 뒤돌아섰습니다. 아버지에게 팔목을 잡힌 상태였던 고모는 잠시 반항했습니다. 그러나 아버지가 힘을 주자 그리고 이만강이 여전히 잘 알아들을 수 없는 말을 하자 고모는 이내 포기하곤 집을 향해 몸을 돌렸습니다.

요란했던 시작에 비하면 끝은 참 조용했습니다. 아버지는 고모의 팔목을 놓은 뒤 서두르지도 않고 천천히 유람하듯 집을 향해 걸었고, 그 뒤를 고모와 어머니가 따랐습니다. 세 사람 중 그 누구도 도중에 만난 신연호에게 아는 체를 하지 않았습니다. 어둑한 길거리에 홀로 남는 건 상상도 하기 싫을 정도로 무서웠기에 신연호도 집으로 향했습니다. 그 전에 이만강을 잠깐 바라보기는 했습니다. 이만강은 아버지가 앞에 섰을 때와 똑같은 자세를 유지하고 있었습니다. 순간 그와 눈이 마주쳤습니다. 이만강이 웃었습니다. 그래서 신연호도 웃었습니다. 여느 때와 다름없던 그 따뜻한 웃음에 마음을 푹 놓은 신연호는 그 사이 간격이 조금 벌어진 부모와 고모를 따라잡기 위해 뜀박질을 했습니다.


신연호의 말이 그 부분에서 멈추었기에 한정효는 기다렸고, 더 기다렸다가는 신연호의 말이 아예 멈춰 버릴 것이 두려웠기에 경망스러워 보일 것을 알면서도 입을 열어 물었습니다.

"그래서 어떻게 되었습니까?"

"뒷간에 갔습니다. 그 순간엔 그게 가장 급한 일이었으니까요. 나오니 어머니가 서 계셨습니다. 어머니와 함께 내 방으로 들어가 누웠습니다. 어머니는 내 손을 잡았습니다. 꼭 잡은 그 손이 참 따뜻해서 저절로 눈이 감겼습니다. 아침에 다시 눈을 떴을 때도 어머니는 자리를 지키고 계셨습니다. 그런데 어머니의 눈에서는 피눈물이 흘렀습니다. 해가 뜨고 새날이 밝았는데 왜 피를 흘리며 우는 거냐고 묻자 어머니는 눈을 한 번 훔치고는 아무것도 아니라며, 그냥 피눈물이 흐르는 거라며 웃으셨습니다. 피눈물이 줄줄 흐르는데도, 손엔 피가 묻었고 이불에는 피의 강이 흐르는데도 입으로는 미소를 지으며 웃으셨습니다."

여기까지 읽은 당신이 고개를 갸웃하는 건 당연합니다. 신연호의 고백 그 어디에도 아버지와 이만강의 죽음을 곧바로 연결 지을 만한 단서는 없습니다. 어린아이다운 감상적인 일화만이 오줌을 주제로 맥락 없이 제시되었을 뿐이니까요. 한정효 또한 당신과 같은 생각을 가졌을 것이며, 그 의심의 마음은 굳이 말로 끄집어내지 않았더라도 곧바로 신연호에게 전해졌을 것입니다. 그래서 신연호가 곧바로 구체적인 증거를 한 움큼 꺼내 보탠 것이겠지요.

"강렬했으나 혼란스러웠으며 그랬기에 현실인지 환상인지 도무지 구분하기도 어려웠던 그날의 기억에 뼈와 살을 붙여 준 건 바로 어머니였습니다."

신중한 어머니는 십 년을 기다렸습니다. 십 년이 지난 밤 신연호의 방에 들어와서는 한석봉 어머니가 대결을 신청하듯 갑자기 윤리 퀴즈를 냈습니다.

"혼례도 안 치렀는데 남편이 죽는 바람에 생과부 신세가 된 여인이 있다고 치자. 세상 사람들의 눈이 무서워 그 여인을 평생 홀로 살도록 내버려 두는 게 과연 옳은 일이겠느냐?"

어머니는 남의 집 이야기하듯 담담하게 물었습니다. 그래서 신연호도 차분하게 교과서적인 답을 내놓았습니다.

"일부종사의 원칙을 따르자면 마땅히 그래야 하겠지요. 그러나 인지상정의 측면에서는 좀 다른 방법도 있지 않을까 합니다. 퇴계 선생이 어린 나이에 과부가 된 둘째 며느리에게 개가를 권했다는 이야기는 제법 널리 퍼져 있기도 하니까요. 일부종사보다 인지상정을 택한 퇴계 선생을 사람들이 욕하지 않고 도리어 칭송하는 이유가 과연 무엇이겠습니까? 맹자가 일침을 놓았듯 우물을 향해 기어가는 어린아이를 보고도 아무런 조치도 취하지 않는 사람은 금수보다도 못하기 때문입니다."

신연호가 흥분하지 않고 모범적인 답안을 내놓았기에 어머니도 남의 집 이야기하듯 계속 말을 이어 갔습니다.

"말로는 퇴계 선생을 존경한다고 하면서도 행동으로는 선생의 발뒤꿈치도 못 쫓아간 사람이 있다. 사람을 아끼고 사랑하는 게 인이라고 제 입으로 수십, 수백 번 가르쳤으면서도 막상 일이 터지자 그런

건 다 잊어버리고 옳고 그름의 분별에 더 집착한 사람이 있다. 우물을 향해 기어가는 어린아이를 막기는커녕 발로 우물에 차 넣은 사람이 있다. 나오지 못하도록 입구까지 막아 버린 사람이 있다. 이 사람에 대해 너는 어떻게 생각하느냐?"

논리로 치자면 대답은 참 쉬웠습니다. 앞서 말한 대로 그건 사람이 아닌 금수였지요. 그러나 교과서를 신봉하는 신연호라도 그렇게 대답할 수는 없는 일이었습니다. 어머니가 말하는 이가 누구인지는 지나치게 자명했으니까요. 한 가지 다행스러웠던 것은 신연호가 고민하는 동안 어머니가 눈물을 뚝뚝 흘리고 흐느꼈기에 굳이 그 난감한 질문에 답할 필요가 없었다는 점입니다. 어머니는 잠시 흐느꼈고 곧바로 눈물을 닦았습니다. 신연호가 대답하지 않았다는 사실은 따지지도 않은 채 미처 끝내지 못한 남의 집 이야기만 계속했습니다.

"그 사람은 주제도 모르고 자신이 스승인 척했다. 시집을 가기도 전에 홀로 된 여동생에겐 조금만 기다리면 새 삶을 찾아주겠다고 위로를 건넸고, 노비 제자에겐 아무리 어려워도 견디고 또 견디면 길이 보일 테니 절대로 포기하지 말라고 가르쳤다. 물론 그 사람은 따뜻했던 위로와 집요했던 가르침이 여동생과 노비 제자를 연결하는 가늘고 질긴 끈 역할을 하게 될 줄은 꿈에도 몰랐을 것이다. 그랬기에 막상 일이 터지자 당황한 그 사람은 여동생에게는 집안을 더럽혔으니 스스로 목숨을 끊으라고 명령했고, 노비 제자에겐 천하의 파렴치한이라는 누명을 씌워 짐승처럼 쫓겨 다니다가 비참하게 죽게 만들었던

92

것이다. 이 사람에 대해 너는 도대체 어떻게 생각하느냐 이 말이다."

　다른 건 몰라도 진정성 부분에서는 백점을 받을 만한 신연호의 솔
직한 고백은 어머니의 논리적인 다그침을 마지막으로 끝났습니다. 시
원해 하는 것도, 섭섭해 하는 것도 아닌 차라리 담담하고 편안하다
는 표현이 더 정확해 보이는 신연호의 기이하도록 깨끗한 얼굴을 보
며 한정효는 지극히 사소한 질문을 하나 툭 던집니다. 왜 하필 어머
니는 십 년을 기다린 후에야 그 사건의 비밀을 털어놓았느냐 하는,
당신도 충분히 가졌을 만한 의구심에 대한 답을 요구하는 질문이었
습니다. 도리를 알 나이가 되었으므로, 하는 식의 일반적인 답변을
예상했던 한정효는 신연호의 말을 듣곤 어찌 되었건 고개를 크게 끄
덕이며 납득할 수밖에 없었습니다.
　그때는 신연호가 혼례를 사흘 앞둔 밤의 일이었다고 말합니다. 그
러니까 신연호의 어머니는 아들에게 너는 네 아버지 같은 이율배반적
인 아버지가 절대로 되지 말라고 경고의 메시지를 던진 것이지요. 일
의 옳고 그름을 따지기보다는 사람을 사랑하는 일에 열심을 다하라
고 부탁하는 메시지를 던진 것이지요. 그러나 한정효가 신연호의 설
명에 납득하여 크게 고개를 끄덕였다고 해서 그 고갯짓이 신연호가
한 말 전체에 군말 없이 동의하는 것을 의미하는 바는 아니라는 점을
분명히 밝히고 싶습니다. 한정효가 보기에 신윤중의 조치는 실로 타
당했습니다. 퇴계가 과부가 된 둘째 며느리더러 개가하라고 권유했다

는 건 그야말로 야사에 지나지 않을 뿐더러, 혹여 그 야사가 실제로 일어난 일이었다 치더라도 퇴계가 염두에 두었던 개가의 상대는 동급의 양반 가문이었지 자기가 부리던 노비는 아니었을 것입니다. 만약 한정효가 신윤중이었다면 어떻게 했을까 하는 우문에 가까운 질문에 대한 답은 명확합니다. 신윤중과 똑같이 행동했을 것입니다.

이 모든 일에서 가장 납득하기 어려운 건 사실 신씨녀였습니다. 양반 가문의 여자로 태어나 노비와 혼례를 치룰 생각을 하다니 끔찍한 일이었습니다. 머릿속에 단 한 번도 떠올려 본 적이 없는 그 터무니없는 일이 자기 집안에서 실제로 벌어졌을 때 신윤중의 마음은 얼마나 찢어졌겠습니까? 누이와 이만강을 죽음으로 내몬 뒤에도 그 갈기갈기 찢어진 마음은 결코 완전히 봉합되지는 않았을 것입니다!

그런데 신윤중은 어떤 대우를 받았지요? 남은 가족으로부터 당연히 받아야 할 존경을 전혀 받지 못했습니다. 존경 받기는커녕 부인은 자신을 비웃었고 아들인 신연호는 아버지를 아예 살인범으로 취급했습니다. 물론 남의 가문에 벌어진 일에 대해 왈가왈부할 수는 없는 일입니다. 그렇다고 씁쓸함을 지울 방법도 없었습니다. 그랬기에 한정효는 하여간 예법도 모르는 무식한 남인들의 괴이한 짓거리란 실로 대단하군, 이라는 말을 입속에만 담고 어렵사리 꾹 삼켰습니다. 그러고는 그 커다랗고 잘생긴 눈에 웃음을 가득 담아 고개를 한 번 크게 끄덕거려 보인 것이었습니다.

신윤중과 이만강의 악연에 대해서는 이만하면 귀 아플 정도로 충분히 들었으니 이제 남은 질문은 하나뿐입니다. 신연호의 천진난만 혹은 위험천만한 남인 풍의 사고방식에 질린 한정효는 촌학구 곁에서 미적거리다 괜히 돌 맞지 말고 어서 떠나라는 마음 깊은 곳에서 올라오는 충고를 받아들이기로 합니다. 그러나 물 들어온 김에 배 띄우라는 격언도 있지요. 신연호의 입이 열린 만큼, 둘의 이질적인 성향으로 보건대 죽었다 깨어나도 다시 만날 사이가 아니라는 것은 분명해진 만큼, 빼먹을 건 다 빼먹어야 합니다. 그래서 대가리와 꼬리, 즉 여유와 예의범절 같은 건 다 잘라 버리고 우격다짐하는 무뢰한이 되어 다짜고짜 묻습니다.

"엄택주라는 이를 혹시 아십니까?"

성과가 있으리라 확신해서 던진 질문은 아니라는 것을 밝히고 싶습니다. 묻지 않으면 미련이 남을까 봐 툭 던져 본 질문입니다. 마애불상처럼 차분했던 신연호의 얼굴 근육이 뜻밖에도 광란하듯 마구 움직이더니 진한 반가움마저 내뿜습니다.

"D현의 현감을 지낸 이를 말씀하시는 게지요?"

한정효가 얻은 정보엔 D현에 대한 이야기는 없었습니다. 그러나 외직을 전전했다 했으니 그럴 수도 있는 일이었습니다. 이성이 구체적인 지명을 알려 주지 않았던 건 D현이라는 곳이 현으로 쳐주지도 않는 워낙 작은 현이라 입에 담을 가치도 없다고 판단했기 때문일 것입니다.

한정효가 고개를 끄덕이자 신연호는 고마운 사람이라고 말합니다. 아버지가 돌아가시기 얼마 전에 처음 찾아왔는데 중풍으로 움직이지도 못하고 말도 하지 못하는 아버지를 보고 한참을 꺼이꺼이 울었다고 말합니다. 성품이 꼿꼿하여 교우하는 이들이 그리 많지 않았던 아버지기에, 게다가 결코 주류라 할 수 없는 남인 관료였기에 앓아누운 아버지를 찾아오는 이들은 몇 안 되었다고 말합니다. 그들 대부분이 오랜 벗들이라 신연호도 안면이 있었던 데에 비해 엄택주는 처음 보는 사람이어서 오히려 그 슬픔이 더 곡진하게 느껴졌다고 말합니다. 고맙기도 하고 궁금하기도 한 신연호가 아버지와의 관계를 묻자 엄택주는 자신이 관리로 자리 잡기까지 큰 도움을 주신 훌륭하신 분이라고 정갈하게 요약하여 설명했다고 말합니다. 먼 길을 마다하지 않고 찾아와 준 것만으로도 고마운데 아버지가 돌아가셨다는 소식을 어디선가 듣고는 찾아와 장례비까지 보태었으며 그 뒤로도 이 년 동안 아버지의 기일마다 찾아와 곡을 했으니 고맙다는 의례적인 말로는 실제로 느낀 고마움을 설명하기에 한참 부족한 사람이 바로 엄택주라고 말합니다.

아버지의 과거에 대해 매섭게 질타할 때와는 사뭇 다른 태도입니다. 시골 훈장의 얼굴이 이렇듯 밝을 수 있다는 건 여태 몰랐습니다. 그래서 짓궂게 묻고 싶어집니다. 혹시 그 엄택주란 이를 전에는 한 번도 본 적이 없었느냐고 말이지요. 그러나 한정효는 기본적으로 예의를 아는 인간입니다. 부끄러울 수도 있는 과거사를 초면의 그에게 털어놓은 신연호에게 고맙다고 말하기는커녕 여물지도 않은 상처 딱지를 확 떼어 버리는 만행을 저지를 만한 인간 유형은 결코 아닙니다.

신연호라는 인간이 아무리 못마땅해도 우리의 주인공 한정효는 그런 짓은 하지 않는다 이 말입니다. 대신 한정효는 그 뒤로 엄택주를 다시 만난 일이 있느냐고 슬그머니 묻습니다. 신연호는 곶감을 다 먹어버린 아이 같은 아쉬움 가득 담긴 표정으로 고개만 세게 가로 저었고 한정효는 알겠다는 듯 고개만 끄덕였습니다.

한정효가 신연호를 통해 얻은 정보는 이로써 하나 빠짐없이 다 당신에게 밝혔습니다. 물론 기술의 효율성을 위해 사소한 발언 한둘쯤은 빼놓기도 했지요. 이를 테면 다음과 같은 것들이지요.

빼먹을 것은 다 빼먹은 한정효가 언제 일어날까 눈치를 살피는 순간 신연호는 또 다시 엉뚱한 질문 하나를 던졌습니다.

"어떻게 죽고 싶으십니까?"

하도 엉뚱한 질문이라 이번에는 아예 답할 생각도 못 하고 있는데 신연호는 문을 열고 밖을 내다보면서 엉뚱함의 제곱쯤에 해당하는 소리를 덧붙였습니다.

"여섯 살 먹은 저 아이 보이시지요? 내 손자입니다. 홀로 남은 며느리가 온 정성을 다해 키우고 있습니다. 나 또한 홀아비이니 인과응보인 셈이지요."

맥락 없이 내던져진 인과응보란 단어의 뜻을 해독하는 중인 한정효에게 신연호는 자신이 던졌던 질문에 대한 답을 배웅 인사 삼아 내놓았습니다. 신연호는 호랑이에게 생명을 바치고 싶다고 했습니다. 그게 아니라면 돈 보따리를 두르고 산으로 들어가 도적들에게 돈을 다 빼앗기고 자신은 칼침을 맞아 죽고 싶다고 했습니다. 우스갯소리치고는 별로 우습지도 않아서 한정효는 그냥 무시해 버렸지요. 모른 체한 또 다른 이유가 있기도 한데 왜냐하면 그 순간 한정효는 스스로에게 있어 무척 중요한 질문을 던지고는 그 해독에 몰두하고 있었기 때문입니다.

그 질문들은 이렇답니다. 신윤중은 왜 노비 이만강을 제자로 받아들여 분란을 자초했을까요? 미천한 노비 놈을 가르치다니, 이 정신 나간 남인 관료는 인간도 못 되는 개망나니 이만강에게서 도대체 뭘 기대했던 걸까요?

# 노비는 왜 세습되는가

선생의 교육은 주로 말로 이루어졌습니다. 아주 가끔 경전을 가르치기도 했지만 중요한 가르침은 대개 말로 이루어졌습니다. 선생은 자기가 하는 말들을 귀담아들으라고 했습니다. 배고픈 소가 여물 되새기듯 되새기고 또 되새기라고 했습니다. 그러면 어렵기만 하고 쓸모는 별로 없는 경전 한 줄 읽지 않아도 세상에서 가장 똑똑한 사람이 될 수 있다고 했습니다. 세상을 바꿀 수 있는 진짜 용기를 지닌 사람이 될 수 있다고 했습니다. 세상에서 가장 똑똑하고 진짜 용기를 지닌 사람은 비록 노비일지라도 더 이상 노비가 아니라고 했습니다. 선생의 말을 정확히 이해하기 어려웠지만 나는 그렇게 했습니다. 똑똑한 사람이 되고 싶어서, 진짜 용기를 지닌 사람이 되고 싶어서, 노비이면서도 더 이상 노비로 살고 싶지 않아서, 선생의 말대로 했습니다.

"우리가 배웠던 아름다운 이론 어디에도 사람을 노비로 삼아도 된다는 말은 없다. 그런데도 현실에는 엄연히 노비가 존재하고, 또 그 노비가 재산처럼 대대로 세습되는 이유는 도대체 무엇일까? 학자들은 은나라의 후손인 위대한 기자가 은나라 멸망 후 우리나라 땅으로 와 백성들을 다스릴 때 그렇게 명령했기 때문이라고 설명한다. 기자 덕분에 이 나라 백성이 문명을 알아 야만을 면하게 되었으니 그 지극한 은혜를 생각해서라도 기자의 명령을 엄격하게 지켜야 한다고 입에 침을 튀기며 말한다. 기자 덕분에 귀족과 천민이 구분되었고, 귀족은 대대로 귀족의 직분을 다하고 천민은 대대로 천민의 직분을 다하는 하늘의 별처럼 질서 정연한 세상이 되었으니 다른 건 몰라도 이 명령만은 꼭 지켜야 한다고 열변을 토한다. 그렇다면 기자는 도대체 정확히 어떤 명령을 내렸는가?

남의 물건을 훔친 자는 노비로 삼아라.
양인이 되려면 오십 만 전을 바쳐야 한다.

너의 작고 빛나는 머리로 곰곰 생각해 보기 바란다. 이 명령에 한 번 노비는 대대로 노비라는 내용이 들어 있는가? 학자라는 이들은 이름만 학자이지 실상은 글 한 줄 제대로 해독하지 못하는 까막눈인가? 그렇다고 할 수도 있고 그렇지 않다고 할 수도 있다. 왜냐하면 기자의 명령을 제대로 이해한 학자가 드물기는 하나 몇몇 존재하기 때문이다.

어떤 학자는 이렇게 썼다. 노비 세습은 성왕의 통치에서는 절대로 용납할 수 없는 부분이다. 어찌 한 번 노비가 되었다고 해서 영원히 벗어나지 못하도록 할 수 있겠는가? 옛날에는 절도죄에 걸려 처형될 사람이나 문명을 모르는 오랑캐 중에서 도적질을 한 사람만을 골라 노비로 삼았다. 그러나 그것도 자손에게는 적용되지 않고 죄를 지은 그 사람에게만 적용되었다. 우리나라의 못된 법률과는 달랐던 것이다. 기자에게 책임을 돌리는 이들이 있으나 이는 제대로 몰라서 그런 것이다. 성인의 정치가 어찌 그렇게 험악하겠는가?

어떤 학자는 이렇게 썼다. 기자의 명령 그 어디에 이미 양인으로 풀어준 사람을 다시 노비로 되돌리고, 그 자손을 벼슬자리에 등용하지 않는다는 말이 있는가? 형벌은 자손에 미치지 않고 죄는 처와 자식에게 미치지 않는다는 옛 경전의 문장에서 알 수 있듯 성왕들의 정치는 충후하기가 이와 같았다.

그러나 겉보기에 꽤 정직한 이 몇 안 되는 학자들 또한 그리 훌륭하다 말할 수는 없다. 왜 그러냐면 그들도 제도를 바꾸는 것에 대해서는 두 손 들고 반대했다. 왜 그랬을까? 왜 자신들이 믿는 바를 행동으로 옮기는 걸 주저했을까? 이유는 간단하다. 자신 또한 양반이기 때문이다. 동정적인 척해도, 솔직한 척해도, 양심적인 척해도, 자신 또한 양반이기 때문이다. 제도를 바꾸면 당장의 피해는 바로 양반에게 돌아간다. 노비는 양반의 손발이다. 손발을 잃은 양반이 도대체 어떻게 살 수가 있겠는가? 그 더럽게 무거운 머리로만 먹고 살 수 있겠느냐는 말이다. 그래서 이들은 대안을 제시한다. 노비 세습을 폐지하는 대신 우리가 살펴봤던 그 아름다운 이론들을 은근슬쩍 자신들의 무기로 가져와 인정과 사랑이라는 가치에 호소한다.

어떤 학자는 이렇게 썼다. 노비는 비록 천민이지만 하늘이 낸 백성임에는 틀림이 없다. 그럼에도 사람들은 거리낌 없이 노비를 사고팔며 때로는 우마와 바꾸기도 한다. 말 한 필로 노비 두세 명을 사고도 남으니 우마가 사람보다 몇 배는 더 귀한 셈이다. 공자는 마구간이 불타자 사람이 다쳤는가, 하고만 물었다. 말은 묻지 않았으니 이는 사람을 귀히 여기고 가축을 천하게 여긴 것이다. 그러니 어찌 사람을 우마와 매매하는 말도 되지 않는 이치가 있을 수 있겠는가?

어떤 학자는 이렇게 썼다. 지금 우리나라에서는 노비를 재산으로 여긴다. 사람은 모두 동일한데 어찌 사람이 다른 사람을 재산으로 여길 수 있는가?

어떤 학자는 이렇게 썼다. 노비가 마른 밥을 씹는 것은 늘 굶주려서 그런 험한 걸 먹어도 결코 체하지 않기 때문이다. 노비가 빨리 잠드는 것은 피로가 극심하기 때문이다. 노비가 옷을 거꾸로 입는 것은 용모를 꾸밀 겨를이 없기 때문이다. 이런 사정을 미루어 보면 노비는 하나부터 열까지 불쌍하지 않은 게 없다.

이론에 근거한 인정과 사랑은 아름답다. 눈물을 쏙 뺄 정도로 따뜻해 보인다. 그러나 네가 알아야 할 것이 있다. 인정과 사랑만으로는 세상을 바꿀 수 없다. 노비가 불쌍하다고 천 번, 만 번을 말한다고 해서, 눈물을 한 번 찔끔거린다고 해서 노비가 사라지지는 않는다. 물론 이 사람들은 이론과 진상을 아예 외면하는 눈멀고 귀 막힌 사이비보다는 훨씬 낫다.

어떤 학자는 이렇게 썼다. 풍속은 바꿀 수 없으며 명분은 무너뜨릴 수 없다. 우리나라에서 사노비를 세습하는 제도는 오랫동안 유지되어 자리를 견고하게 잘 잡았다. 그런데 돈을 받고 노비를 면천하기 시작하면 어떻게 될까? 이 사회는 얼마 못 가 와르르 무너진다.

어떤 학자는 이렇게 썼다. 군공과 속신으로 쉽게 면천되는 일이 생겨나면서 노비 세습의 아름다운 풍속에 문제가 생기기 시작했다. 노비들 중 높은 관직을 얻은 자가 생겨나자 겁이 없어진 노비들은 주인을 때리고 죽이고 때로는 반란까지 일으켰다.

어떤 학자는 이렇게 썼다. 하늘이 사람을 낼 때는 양민과 천인의 분별이 없었지만 윗사람이 아랫사람을 부리는 데에 있어서는 반드시 존(존귀함)과 비(비천함)의 차등이 있기 마련이다. 대부가 걸어 다녀도 괜찮겠는가? 부인이 밖에 나다녀도 괜찮겠는가? 그렇지 않다. 그러므로 죄인을 노비로 삼아 천한 일을 도맡게 한 것이다. 노비는 비록 하늘이 낸 백성이기는 하나, 노비가 할 일이 분명하게 정해져 있으니 절대로 노비를 풀어 주면 안 된다. 주인과 노비가 서로 대항하게 해 분란을 만드는 것은 이 나라의 미래를 위해서도 있어서는 안 될 일이다.

따지고 볼 것도 없이 양반 대다수는 마지막에 예로 든 이들처럼 생각한다. 아니, 생각하지 않는다. 한 치의 의심도 없이 믿고 있으므로 생각하고 말고 할 것도 없는 자명한 사항이다. 경전은 허황할 정도로 아름답고 깨달음과 각오는 더 없이 훌륭하며 남의 처지에 동정하는 사람들은 지극히 선하다. 그러나 다르게 생각해 볼 수도 있다.

왜 경전은 아름답고 왜 깨달음과 각오들은 훌륭하며 왜 남의 처지에 동정하는 사람들은 선하겠는가?

실상 대부분의 양반은 그렇게 살지 않기 때문이다. 경전, 실천, 동정은 아예 모르는 척, 배운 적도 없는 척 행동하는 것이다. 그래서 세상은 잘 변하지 않는 것이다. 부당한 세상은 날이 갈수록 더욱더 견고해지는 것이다. 그만큼 너는 꼭 세상을 바꾸어야 하는 것이다.

노비인 너 아니고서는 그 누구도 할 수 없기에 다른 사람 아닌 바로 네가 세상, 양반들이 만든 이 세상을 전력을 다해, 아니 목숨을 바쳐 바꾸어야 하는 것이다. 그러기 위해 아직 어린 네가 새겨야 할 것은 경전이 아니라 내 말이다. 내 비루한 삶을 통해 어렵게 얻은 나의 어리석은 말뿐이다."

# 누가 선한 사람인가

'G현에 들어선 한정효의 육신은 자신을 태우고 다녔던 말보다도 곱절은 더 지쳤습니다'라는 평범한 문장으로 이 장을 시작하려 합니다. 물론 그러기 위해서는 G현이 도대체 어떤 고을인지, 조금 전만 해도 C현에 등장했던 한정효가 왜 갑자기 여태 언급조차 된 적 없던 G현에 갑자기 모습을 드러냈는지 등의 문제들에 대한 해답을 간단하게라도 먼저 제시하는 것이 사리에 맞겠지요. 그런데 그 작업을 수행하기 위해 선행되어야 할 것이 있습니다. G현에 대해 말하려면 F현에 대해 먼저 말해야 하고, F현에 대해 말하려면 D현에 대해 먼저 말해야 하고, D현에 대해 말하려면 E현에 대해 먼저 말해야 합니다(뒤죽박죽인 순서에 대해 지적할 수 있겠습니다. 그러나 조선 사람인 한정효가 알파벳순으로 현들을 돌아다녀야 할 만한 필연적인 이유는 그 어디에도 없습니다).

물론 긴장할 필요는 전혀 없습니다. 당신은 추리 소설을 읽는 것도 아니고, 환상 소설을 읽는 것도 아니고, 부조리 소설을 읽는 것도 아닙니다. 〈바벨의 도서관〉 같은 굉장히 복잡하면서도 신비롭고 불가해한 무언가가 이야기 뒤편에 존재하고 있는 것처럼 폼 나게 기술했지만 우리가 할 일은 실은 굉장히 간단하니까요. 그저 무식하면 된답니다. 무슨 말인가 하면 한정효가 C현을 출발한 시점부터 빼놓지 않고 차근차근 살펴보면 되는 것이지요. 그래서 나는 마음이 바빠 절차를 무시하고 지나치게 건너뛰는 바람에 도리어 모호하게 되어 버린 첫 문장을 아예 다음과 같이 바꿔 쓰려 합니다. '한정효는 신연호의 집에서 나와 곧장 E현으로 향했습니다.'

한정효는 신연호의 집에서 나와 곧장 E현으로 향했습니다. 양반 치고도 몹시 허약한 그로서는 드문 강행군을 시도한 셈이었으나 헉헉거리며 E현에 도착하자마자 곧바로 생각지도 못했던 첫 번째 난관에 부닥치고 말았습니다. 이성이 경쟁자인 이조좌랑의 노골적인 비아냥을 감수하고 얻어 낸 정보에 따르면 엄택주는 E현에 살고 있어야 했습니다. 하지만 엄택주는 없었습니다. 한정효가 확인한 것은 엄택주의 흔적뿐이었습니다.

E현 토박이인 턱이 빤 이방아전에 따르면 엄택주는 D현 현감 자리에서 물러난 후 제주 판관에 임명되어 다시 관로에 들어설 때까지 약 육 개월 정도의 기간을 별다른 연고도 없던 E현에 집을 사서 머물

렀습니다. 현재 살고 있는 것도 아닌데 왜 기록에는 그가 여전히 E현에 거주하는 것으로 되어 있느냐고 힐난하듯 묻자 이방아전은 아마도 엄택주 소유의 집이 허름하기는 해도 건재하기 때문일 거라고 눈웃음을 살살 치며 받아쳤습니다. 그 말을 듣고 그 집에 안 가볼 수는 없는 노릇이지요.

결론부터 말하면 결실은 전혀 없었습니다. 엄택주의 집에 살고 있는 이는 고리장이 외거 노비였는데 엄택주의 얼굴을 마지막으로 본 건 그가 제주 판관으로 부임하던 육 년 전이었다고 심드렁하게 대꾸했습니다. 그 뒤로는 그 어떤 연락도 받은 적이 없다고 했습니다. 집세는 어떻게 내느냐고 묻자 집세 같은 것은 한 번도 낸 적이 없다고 했습니다. 무슨 말도 되지 않는 소리냐고 언성을 높였더니 엄택주가 집을 빌려주면서 집세 같은 것은 내지 않아도 된다고 말했기 때문이라고, 정 내고 싶거든 일 년에 한두 번이라도 고을의 외로운 이들을 찾아가 고리짝을 선물하고 말동무나 해 주라고 했기 때문이라고, 엄택주에 대해 여태 주워들은 풍월로 보건대 제법 근거가 확실해 보이는 문장으로 살짝 받아쳤습니다. 노비치고는 꽤 논리적이고 당돌한 대답이라 한정효는 '어쩌다 세상이 이렇게까지 되었을까?' 하고 속으로 한탄하며 살짝 혀를 찼습니다. 그러나 외거 노비에게 인륜을 들이대고 화를 내봐야 얻을 것은 없습니다. 한정효는 불편한 감정은 숨긴 채 엄택주가 현재 살고 있는 곳에 대해 혹시 들은 적이 있느냐고만 물었고 모른다는 예상 가능한 답변만 받았습니다.

E현에서 엄택주를 만나 본 뒤 형이 있는 A현으로 돌아갈 예정이었던 한정효는 그 시점에서 즉흥적으로 계획을 바꿔 이번에는 D현에 가기로 했습니다. 한 가지 다행스러운 점은 D현이 E현에서 말을 타고 세 시간이면 도달할 수 있는 곳에 있었다는 사실이지요. 물론 D현에서 전 현감 엄택주의 현 거주지에 대한 정보를 갖고 있으리라는 보장은 어디에도 없었지만 기왕 시작한 이상 어정쩡한 지점에서 손 털고 물러날 수는 없는 노릇이었습니다. 그러나 우리 삶이 대개 그렇듯 정성과 노력이 항상 그에 합당한 보상을 받는 것은 아닙니다. 예상했던 바대로 결실은 거의 없었습니다.

얼굴이 살짝 얽어 더 험악해 보이는 D현의 이방아전은 엄택주의 이름을 듣자 고개부터 절레절레 흔들었습니다. 엄택주가 수령으로 있었던 시절은 하도 암흑 같아서 아예 떠올리기도 싫다면서 얼굴을 잔뜩 찡그렸습니다. 대대로 고을을 위해 일해 왔던 이들을, 청렴결백을 신조로 삼고 살았던 지조 있는 사람들을(자신과 같은!) 전 현감은 아예 범죄자로 취급했다고 살짝 언성을 높였습니다. 비리의 온상이라 할 아전이 현감을 대놓고 비난하다니 주객이 전도된 격이었지요. 윤리가 바닥부터 무너지고 있는 이 나라의 현실을 또 한 번 정면으로 마주한 기분이 들어 한정효는 가슴이 무척 아팠습니다. 마음 같아서는 당장이라도 형틀에 묶어 놓고 주리를 틀고 싶었지만, 그건 권한 밖의 일이기도 하거니와 한정효가 온 건 엄택주 때문이었지 아전들의 썩어 빠진 정신머리를 똑바로 잡아 주기 위해서는 아니었습니다.

한정효의 마지못한 고갯짓을 자신의 말에 대한 확고한 동조로 간주한 이방아전은 엄택주에 대한 정보를 얻으려면 F현으로 가 보는 게 좋겠다고, 혹시 모를 공격에 대비한 최후의 카드로 휘두르기 위해 내내 아꼈던 게 분명한 조언을 던졌습니다. F현은 엄택주가 처음으로 현감을 지냈던 곳인데 그곳이 그립다는 말을 탄식과 함께 꽤 여러 차례 했던 기억이 떠오른다고, 이맛살을 찌푸리며 비꼬는 듯 말을 했습니다. F현은 E현에서 D현 거리의 세 배 정도 되었습니다. 꽤 긴 여정이 될 터이나 그렇다고 여기까지 온 이상 안 가 볼 수도 없는 노릇이었지요. 그래서 한정효는 이를 악물고 말 등에 올라탔습니다.

아무리 결심이 굳건했다고는 하나 F현에서 마저 별다른 정보를 얻지 못했다면 한정효는 나, 돌아갈래, 하고 두 손 들어 포기 선언을 하고 형이 있는 A현을 향해 발길을 돌렸을 것입니다. 다행히 힘든 걸음에 값하는 결실이 있었습니다. 한정효는 F현에서 두 가지 정보를 얻었습니다. 한 가지는 꽤 중요했고 다른 한 가지는 그보다는 덜 중요했습니다. 한정효는 전 현감 엄택주의 근면 성실함을 칭찬하는 눈 째진 F현 이방아전의 말을 중간에서 자르고는 그 훌륭한 전 현감이 지금은 도대체 어느 곳에 살고 있을 것 같으냐고 단도직입적으로 물었습니다. 이방아전은 눈을 몇 번 깜짝이더니 자신은 이방이지 박수무당이 아니라 그런 복잡 미묘한 사안에 대해 단정적으로 확실하게 말하기는 어렵다고 했습니다. 그런데 엄택주의 고향이 G현이라는 말을 이야기 도중에 언뜻 비친 적이 있기도 하니 다른 어느 곳에도 없다면

바로 그 G현에 살고 있을 가능성도 아주 없지는 않겠다고 신중에 신중을 더해 답했습니다.

한정효는 만약을 대비하자는 뜻에서 전 현감 엄택주의 처가에 대해서도 물었습니다. 이방아전은 F현에는 현감 홀로 부임했기 때문에 처가 쪽에 대해서는 잘 모르겠다고 답했습니다. 재임 동안 가족의 왕래가 한 번도 없었던 까닭에 부인과 아이 둘이 전염병으로 죽었다는 흉흉한 소문이 한때 사실처럼 떠돌기도 했는데, 그 진위를 확인하겠답시고 차마 대놓고 현감에게 묻는 무례를 범할 수는 없었다는 그럴듯한 사정까지 덧붙였습니다. 한정효가 둘 중 어떤 정보를 더 가치 있게 받아들였는지는 당신이 추측할 일입니다. 문장력이 몹시 부족한 나는 다만 원래 쓰려고 했던 평범한 문장, 별 것도 아닌 그 문장을 버리기가 아까워 주물럭대다가 당신이 생각에 잠긴 틈을 타 슬쩍 다시 불러올 뿐입니다. 'G현에 들어선 한정효의 육신은 자신을 태우고 다녔던 말보다도 곱절은 더 지쳤습니다.'

사방이 검은 바위산으로 둘러싸인 G현은 길게 드리워진 산 그림자 때문에 해거름도 아닌데 먹구름 낀 저녁처럼 어둑합니다. 한정효는 인간의 접근을 막는 험준한 산들이 어딘지 모르게 엄택주를 닮았다는 느낌을 받습니다. 왜 그런지 이유를 묻는다면 논리적으로 답하기는 어렵습니다. 그러나 엄택주를 추적하다 도달한 고을의 산에서 엄택주의 기운을 느낀다는 것은 좋은 결과를 얻으리라는 예언에 가까운 징조일 수도 있다고 스스로를 격려합니다. 미신에 가까운 격려의 덕분일까요. 몸은 피곤하지만 정신은 상쾌해집니다. 몸은 지쳤으나 끝까지 파헤치고 싶은 열망은 살천스러운 북풍 앞에서 더욱 강해집니다. 한정효가 현감을 만나자마자 곧바로 엄택주의 이름을 댄 까닭이지요. 전도유망한 고위 관료와 느긋하게 술을 주고받으며 그리운 서울 소식을 듣기 원했던 늙은 현감은 티 나게 서두르는 한정효에게 그렇게 급한 일이라면 당장 향청에 가서 이러이러한 이들을 만나 보는 게 좋겠소, 라고 약간은 쌀쌀맞은 목소리로 마음 상한 티를 팍팍 내며 대답합니다. 그렇다고 우리의 한정효가 마음을 바꿨을 리는 없겠지요. 한정효는 워낙 급한 일이어서 그러니 업무부터 끝마치고 다시 찾아뵙겠노라는 겸손하나 실은 하나마나한 의례적인 인사를 남기고는 곧바로 향청으로 향합니다. 전 왕조 때부터 집안 대대로 G현에서 살았다는 예순 다섯 살 먹은 좌수를 비롯한 몇몇 노인이 오늘의 면담 대상자입니다.

엄 진사 일가가 처음 이 고을에 나타난 것은 사십 이삼 년 전이었소(유심히 듣던 다른 노인 한 명이 툭 끼어듭니다. 사십일 년 전 봄이에요. 그해 유난히 아름다웠던 매화꽃이 다 질 무렵이었으니깐). 그들은 고을에서 가장 유서 깊은 고택이었던 김 참판댁을 빌려서 거처로 삼았소(사실 진짜 참판은 아니었다오. 우리끼리 그냥 그렇게 부르는 거였지. 참판 출신 하나 없는 고을이란 비참하니깐). 엄 진사는 이사 온 첫날 열서너 살

먹은 아들 엄택주와 함께 우리 집에 찾아왔지(열여섯 살이었어요. 나랑 나이가 같았으니깐). 아들에 비하면 엄 진사의 나이는 좀 많은 편이었소. 아마 마흔 가까이 되었을 것이오(무슨 말씀을. 딱 마흔이었어요). 선친과 함께 그들을 맞았던 내게 그 무엇보다도 인상적이었던 것은 엄 진사의 양반다움이었다오. 걸음걸이와 손짓에는 틀거지가 있었고, 언어는 따뜻하면서도 위엄이 가득했소. 겉으로 양반 행세는 하고 있었지만 서울내기에 비하면 시골 촌놈이라 할 내가 보기에도 유서 깊은 양반 가문의 후손이 틀림없어 보였지. 그랬기에 한여름에도 언제나 냉랭한 기운으로 가득해서 꼭 얼음을 씹어 먹고 사는 것 같았던 선친의 얼굴에 그날은 땀이 줄줄 흘렀을 것이오. 선친은 조심스럽게 어쩌다 이 고을까지 오게 되었는지를 물었소.

오는 길에 잠깐이라도 둘러봤을 테니 잘 알겠지만 사실 이 고을은 살기에 만만한 곳이 아니라오. 사방이 검은 바위산이라(그래서 이름도 동바위산, 서바위산, 남바위산, 북바위산이지) 경작지는 턱 없이 부족한 데다가 겨울 삭풍은 모질고 날카로워서 그 바람이 마음 먹고 부는 날이면 여기서 나고 자란 이들도 치를 떤다오. 실은 나도 간절하게 묻고 싶었던 그 질문에 엄 진사가 뭐라 답한 줄 아시오? 무용지용의 처소를 원했기 때문이라 했소. 《장자》에 나오는 유명한 경구를 들은 선친은 고개를 끄덕이고는 역시 《장자》에 나오는 문구로 답했소. 지키려 하시는 것이 세인들과 다르니 아무래도 세상의 의리로는 평가할 수 없겠군요. 눈치 하나는 정승급이었던 선친은 엄 진사가 화를 피해

113

왔다는 사실을 직감하고는 그렇게 돌려서 대답한 것이오.

도착한 순간부터 모든 이의 주목을 끌었던 엄 진사는 한마디로 흠 잡을 데가 전혀 없는 이였소. 그 사람의 양반다움은 이 고을에 사는 내내 변한 적이 없었소. 좋은 예가…… 아, 엄 진사의 이름이 어떻게 되느냐고? 엄환이었소(아이 참, 엄환이 아니라 엄완이라오). 엄 진사는…… 엄 진사 이야기는 충분히 들었으니 이제 아들 이야기를 들려달라고? 알겠소. 아, 하나만 더, 엄 진사는…… 알았소, 엄 진사의 이야기는 잠깐 미루기로 하지. 엄택주는 한 마디로 아버지의 양반다움을 그대로 물려받은 소년이었소. 예의 바른 데다가 심성이 참 고왔고 책을 즐겨 읽었지. 다만 꽤 커다란 흠이 한 가지 있었는데 그게 뭐냐 하면 몸이 너무 허약했다오. 밭은기침을 달고 살았고, 길을 걷다가도 가끔씩 혼절을 했지(아마도 폐병과 간질을 같이 앓았을 것이오). 그런 까닭에 아들에 대한 엄 진사의 근심이 이만저만이 아니었는데(엄 진사는 티를 안 내려 애를 썼지만 아무리 번듯한 양반이라도 자식에 대한 걱정은 숨길 수 없는 게 아니겠소?) 다행히 잘 자라서 대과에 급제하고 부사까지 역임했으니 참으로 다행스러운 일이라 할 만하오(부사가 아니라 판관이지). 아, 엄택주를 최근에 만난 적이 있느냐고? 없지. 당연히 없지. 엄택주가 이 험한 고을에 다시 올 일이 있겠소? 그런데 엄택주의 이력은 어떻게 그리 잘 알고 있느냐고? 그거야 우리도 늘 관보를 살펴보니까. 아는 이름 석 자라도 발견하면 반가워서 읽고 또 읽어 머리에 새겨 버리니까. 엄택주를 마지막으로 본 건 사실 사십, 아니 삼십

구 년 전이라오. 엄 진사 일가는 이곳에 이 년 조금 못 되게 살았다오. 사십일 년 전 매화꽃이 질 때에 와서는 삼십구 년 전 매화가 필 무렵에 떠났다오(그해 매화꽃은 별로였다오). 좀 서운했지만 잡는 이는 없었소. 천생 양반이었던 엄 진사에게 무용지용의 극한 체험은 이 년으로 충분했단 것을 우리 모두는 잘 알고 있었으니깐.

엄택주의 이야기도 다른 곳에서 감질나게 들은 바에 비하면 아예 다발이라 할 만큼 풍성하게 들었고, 엄택주의 아버지 엄 진사의 이야기도 곁다리치고는 배부르게 들었습니다. 천생 양반이었다는 확고부동한 평가는 홍문관 부교리 한정효의 감식안이 그릇되지 않았음을 다시 한 번 입증해 줍니다. 그러나 한 편의 은둔 설화 같은 좌수의 회고담엔 몇 가지 중요한 문제가 있기도 합니다.

한정효는 그들이 고을에 나타난 시기를 몇 번이나 확인했는데 그때마다 노인들은 서로서로 의견을 나누며 고민하는 척했지만 매화꽃이 지기 전과 후로만 갈렸을 뿐 사십일 년 전이라는 답은 요지부동이었습니다. 이만강이 도망치다 죽은(한정효의 이론에 따르면 죽은 것으로 위장한) 때가 사십 년 전이니 연대가 도무지 맞지 않습니다. 이만강 사건이 벌어져 A현이 발칵 뒤집혔던 그때 엄택주는 G현에서 태평한 세월을 보내고 있었던 것이지요.

또 하나, 엄택주가 병약한 상태였다는 사실을 결코 간과할 수 없습니다. 한정효가 만난 엄택주는 문인이기는 하나 무인에 가까운 강인

한 풍모를 지닌 사람이었습니다. 말하자면 소년 시절 폐병과 간질을 앓았던 사람으로는 절대 보이지 않았습니다. 게다가 폐병과 간질은 쉽게 치료되는 병이 아닙니다. 일찍 죽을 가능성이 살아남을 가능성보다 훨씬 높고 설령 운이 매우 좋아 살아남았더라도 앓지 않았던 사람처럼 건강을 유지하며 지내기는 쉽지가 않습니다.

엄택주의 아버지가 엄 진사라는 사실도 한정효의 머릿속을 어지럽게 합니다. 고을 사람들의 기억을 외면하고 엄택주가 바로 도망간 이만강이라는 자신의 가설을 굳게 고수하더라도 양반 아버지의 존재만큼은 설명하기가 쉽지 않습니다. 노비 이만강은 도대체 어디에서 그리도 완벽한 양반 아버지를 얻은 것일까요? 한정효는 주먹으로 이마를 툭툭 칩니다. 이 모든 이야기들이 가리키는 방향은 단 하나뿐입니다. 이만강은 엄택주가 아닌 것이지요. 엄택주는 다른 그 누구도 아닌 엄택주일 뿐인 것이지요.

논리적으로 완벽해 보이는 결과를 차가운 머릿속으로는 받아들일 수 있지만 달아오른 감정에는 그래도 여전히 혹시 하는 미련이 남았습니다. 그래서 한정효는 바짝 마른 입술에 침 한 번 바르고는 노인들을 둘러보며 묻습니다.

"엄택주에 대한 이야기를 조금 더 들려주실 수 없겠습니까? 사소한 이야기라도 좋으니 기억나는 대로 다 들려주십시오."

잠자코 있던 노인 1이 말합니다.

"엄택주는 떡잎부터 다른 소년이었다오. 집안만 아니었으면 정승의

116

반열에 올랐을 것이오."

여기저기서 그렇고 말고 하는 소리가 이어집니다. 잠자코 있던 노인 2가 말합니다.

"병약한 것만 뺀다면 참 잘생긴 소년이었다오. 나한테 장성한 딸이 있었다면 사위 삼고 싶었을 거야. 물론 그놈의 병이 문제이긴 했지만."

여기저기서 그렇고 말고 하는 소리가 이어집니다. 고개를 갸웃하는 건 한정효뿐입니다. 노인들이 기억하는 엄택주와 한정효가 만났던 엄택주는 그 인상이 전혀 달랐습니다. 물론 그것만으로 노인들의 엄택주와 한정효의 엄택주가 다른 사람이라고 단정 지을 수는 없는 일입니다. 사십 년 넘는 세월은 한 사람의 용모를 바꿔 놓기에 충분한 시간이니까요. 그러나 그것도 엄택주가 이만강이라는 가정이 맞을 때에나 가능한 이야기입니다.

한정효는 더 들어 봤자 시간만 낭비할 뿐이라는 사실을 점점 더 깨닫습니다. 포기하고 일어나야 할 시간이 된 것입니다. 문제의 엄택주란 인물을 아쉽지만 놓아주어야 할 시간이 도달한 것입니다. 노인들에게 감사 인사를 전하고 일어나려는데 좌수의 이야기 도중에 자꾸만 끼어들었던 노인 3이 잠깐만 하더니 흥미로운 발언을 합니다.

"엄택주가 유독 친하게 지냈던 벗이 한 명 있었다오. 이름이 엄현정이었나, 아마 그랬을 거야."

엄현정이라는 이름이 등장하자 갑자기 노인들이 분주해집니다. 새로 등장한 이름과 관련된 기억들을 어린 학동들처럼 먼저 말하겠다고 다투기까지 하며 중구난방으로 털어놓는 바람에 한정효는 장내 질서 정리에 적잖이 애를 먹습니다. 당신 또한 덩달아 분주하게 만들 수는 없으니 그 뜨거웠던 이야기들 중 곁가지는 과감하게 잘라내고 알짜 중의 알짜만 엄선해 소개하자면 다음과 같습니다.

첫째, 엄현정이 G현에 처음 모습을 드러낸 건 사십 년 전, 그러니까 엄 진사 일가가 참판댁에 자리 잡은 지 일 년이 조금 더 지난 후였습니다.

둘째, 엄현정은 유람객이었습니다. A현 출신인 엄현정은 과거 공부에 지친 심신을 달래기 위해 금강산을 보러 가는 중이라고 했습니다. 병색이 완연한 나귀 한 마리만 타고 있었을 뿐 말구종도 없었고, 시동도 없었습니다. 가난한 선비야 늘 보던 풍경처럼 흔했고, 또한 A현에서 금강산을 가려면 반드시 G현을 지나쳐야 하는 것만은 아니지만 구경 삼아 조금 돌아가는 게 효율보다는 비효율을 미덕으로 여기는 유람의 법칙에 어긋나는 것도 아니기에, 엄현정의 말은 그 누구의 의심도 사지 않았습니다. 과객을 대접하는 것은 양반 중의 양반 자리를 차지한 엄 진사의 몫이었지요. 그래서 엄현정은 다른 과객처럼 엄 진사의 집에서 하룻밤을 묵었습니다.

셋째, 엄현정은 금강산은 구경도 못 해 봤습니다. 다음 날부터 빈객의 자격으로 엄 진사의 집에서 묵었기 때문입니다. 하룻밤에 만리장성을 쌓는다는 요상한 속담이 이 상황에 일백 퍼센트 부합하는 비유는 아니지만 아무튼 그날 이후 엄현정은 엄택주의 둘도 없는 친구가 되었습니다. 엄현정은 엄 진사 일가가 G현을 떠나는 그날까지 엄택주와 함께 지냈습니다.

한정효는 노인들에게 엄현정의 나이를 묻고 곧바로 엄택주와 동갑이라는 답을 듣습니다. 엄현정의 용모를 묻자 검은 얼굴색과 뺨에 상처 자국(왼쪽이냐 오른쪽이냐를 놓고 설왕설래가 있었는데 오른쪽이 좀 더 많았습니다. 집단 사고의 위험성을 보여 주는 사례였으나 한정효의 확신은 그 정도 오류에는 흔들리지 않았습니다)이 났다는, 듣고 싶어 안달복달했던 답이 돌아옵니다. 한정효가 노인들 몰래 슬며시 미소를 짓는 이유를 우리는 잘 알고 있지요. 이쯤에서 한정효의 가설을 입증하고 넘어가는 것도 나쁘지는 않겠습니다. 한정효가 세웠던 '이만강은 곧 엄택주'라는 가설은 사실 엉터리였습니다. 그러나 가장 옳기도 했습니다.

이만강은 엄택주가 아니었습니다.
이만강은 엄택주가 아니라 엄현정이었습니다.
그러나 엄현정은 어느 순간 짠, 하고 엄택주로 변신했습니다.

그러므로 결국 이만강은 엄택주가 된 것이며, 그 덕분에 한정효의 가설은 엉터리이면서도 결과적으로는 완벽하게 옳았다고 말할 수 있는 것이지요.

# 양반이 사랑하는 노비의 삶

선생의 가르침 중 가장 실감이 났고 알아듣기 쉬웠던 건 역시 나와 같은 노비의 삶에 대한 이야기였습니다. 선생은 노비의 삶에 관한 이야기는 무척 다양하나 잔가지를 다 쳐내면 크게 두 부류로 나눌 수 있다고 했습니다. 양반이 사랑하는 노비의 삶이 그 첫째이며, 양반은 신경도 쓰지 않는 노비의 삶이 그 둘째라고 했습니다(그러니깐 분류 기준은 '양반'이라는 뜻이었습니다). 양반이 사랑하는 노비의 삶에 관한 기록은 뜻밖에도 무척 많다고 했습니다. 너무 많아서 고르기도 어렵다고 했습니다. 선생이 그 이유가 궁금하냐고 물으며 빙긋 웃기에 나는 아무 말도 하지 않고 선생을 따라 빙긋 웃었지요. 사실 양반이라는 족속들에 대해 속속들이, 몸과 마음으로 잘 알고 있는 나는 그 더럽고 위선적인 이유 따위는 하나도 궁금하지 않습니다.

양반은 윤량 같은 노비를 사랑한다.

윤량은 말에 탄 주인을 모시고 하늘과 맞닿은 높은 고개를 넘던 중에 도적을 만났다. 내내 기다리고 있었을 도적이 모처럼 다가온 기회를 놓치지 않기 위해 별로 날카롭지도 않은 칼을 무기랍시고 빼들고 덤벼들자 윤량은 다짜고짜 주인을 말에서 끌어내려 바닥에 자빠뜨렸다. 주인의 가슴에 걸터앉아 주먹을 흔들고 위협하며 말했다.

"잘 되었소, 참으로 잘 되었소. 이놈은 내 주인이자 원수요. 이 못되고 흉악한 놈은 나를 괴롭히는 것을 삶의 즐거움으로 삼았소. 내가 견뎌야 했던 채찍질만 수백 번이었소. 참아야 했던 곤장만 수천 번이었소. 금은보화며 비단 같은 귀한 물건은 말 등에 있으니 다 가져가시오. 난 그런 거 필요 없으니 그 칼이나 좀 빌려주시오. 이놈의 모가지를 확 베어 버리는 게 내 유일한 소원이니."

도적이 희희낙락하며 칼을 건네자 윤량은 그 칼로 지체 없이 도적을 찔러 죽였다.


양반은 수석 같은 노비를 사랑한다.

수석은 주인을 모시고 배를 탔다. 풍랑이 거세게 일었다. 배는 앞뒤좌우로 심하게 흔들리다 불쑥 솟은 바위에 부딪혀 산산조각이 났다. 수석과 주인은 판자 조각 하나를 찾아 거기에 매달려 버렸다. 그러나 두 사람이 매달리기엔 판자 조각이 너무 좁았다. 수석이 주인을 보며 말했다.

"이러다간 둘 다 죽겠습니다. 저 같은 천한 놈이야 죽어도 아무 상관없지만 나리는 저와는 처지가 다릅니다. 부디 살아남으시길 빌겠습니다."

수석은 판자에서 손을 떼고 멀리 사라졌다. 주인은 어떻게 되었을까? 바다를 떠다니던 주인을 지나가던 배가 발견했다. 살아난 주인은 관아로 찾아가 수석의 의로운 행동을 알렸다. 수석의 집에 정려문이 세워졌고 가족들은 양민이 되었다.


양반은 유극량 같은 노비를 사랑한다.

임진왜란 때 임진강에서 싸우다 죽은 유극량은 원래 재상집 계집종의 아들이었다. 유극량의 재주를 인정한 눈 밝은 재상 덕분에(유극량의 아버지가 바로 그 재상이라는 설도 있다) 면천을 받아 무과에 급제했다. 실력과 인망은 주머니 안의 송곳처럼 숨길 수 없는 것이어서 어느덧 벼슬이 부원수에 이르렀다. 그러나 오르기만 하던 벼슬이 전라도 수군절도사에 이르자 속 좁은 양반들은 하나둘 들고 일어나 유극량의 신분을 문제 삼기 시작했다. 그 결과 유극량은 병마절도사의 보좌관인 조방장으로 좌천되었다. 유극량은 억울하다며 항의했을까? 아니었다. 유극량은 자신에게 내려진 처분을 달게 받아들이고 불만 한 번 표시하지 않았다. 임진강에서 왜군과 싸울 때의 일이었다. 건너편 왜군들이 좀처럼 움직이지 않자 방어사는 강을 건너 공격하라고 명령을 내렸다. 유극량은 적의 유인 전술이니 속아서는 안 된다고 했다. 방어사는 유극량의 조언을 받아들이지 않았다. 유극량은 방어사의 명령을 따라 병사들을 이끌고 강을 건넜다. 왜군이 몰려왔다. 왜군의 수가 열 배는 많으니 중과부적이었다. 유극량은 홀로 왜군 수십 명을 죽인 후 칼에 맞아 죽었다. 유극량 덕분에 살아남은 병사들은 그의 의로운 행동에 피눈물을 흘렸다.

양반은 박인수 같은 노비를 사랑한다.
박인수는 배우고 익히기를 좋아했다. 책을 많이 읽지는 못했으나 몸가짐이 반듯하고 예를 숭상하는 대인배의 모습을 한 번도 잃지 않았다. 그래서 양반들도 박인수를 높이 평가했다(박인수가 비단 장사로 돈을 많이 모은 부유한 외거노비라는 사실도 단단히 한몫하기는 했을 것이다). 하루는 박인수의 집에 도둑이 들었다. 박인수는 누워서 일어나지도 않은 채로 도둑에게 말했다. 다음 날 먹을 쌀 한 말만 남겨 두고 다 가져가라고 말했다. 굳이 반대할 이유가 없기에 도둑은 그의 말대로 했다. 다음 날 사람들이 왜 그렇게 했느냐고 묻자 박인수는 태평한 목소리로 이렇게 대답했다.
"나는 재산이 아깝지도 않고 도둑을 해칠 마음도 없었소. 그러니 도둑도 나를 해치지 않을 것이라 믿었소."
박인수는 시냇가에 초가집을 짓고 거문고를 켜면서 하루하루를 보냈다. 그러던 중 임진왜란이 일어났다. 가족과 이웃들이 피하라고 하자 박인수는 단번에 거절했다. 이제 늙었으니 살던 곳에서 거문고나

켜다 죽겠다고 했다. 마침내 왜구가 쳐 들어와서 박인수를 죽였다. 양반들은 양반보다도 더 고상하게 살았던, 치졸하게 삶을 구하지 않았던 박인수의 죽음을 안타깝게 여겼다.

# 원수를 부리는 법

우리가 이미 살펴봤듯 G현을 방문한 한정효는 자신의 가설(엉터리였으나 결국은 완벽한 것으로 결론이 난)을 입증할 만한 소기의 성과를 거두었습니다. 뛰어난 머리의 부속물 같기만 해서 결정적인 상황마다 애를 먹이던 부실한 육신을 가혹하게 굴린 보람은 충분했던 셈입니다.

그러나 빛이 있으면 어두움이 있는 법이지요. 한정효의 성과가 제법 컸지만 원래 얻고자 했던 정보를 얻은 것은 결코 아니라는 점을 냉정하게 지적할 수밖에 없겠습니다. 무슨 말이냐고요? 엄택주의 행적 내지 기원에 관한 묵직한 정보를 여럿 듣기는 했으나 엄택주의 현 거주지에 대한 정보는 바람에 날리는 민들레 홀씨만큼도 얻지 못했기 때문입니다. 하지만 우리의 주인공인 홍문관 부교리 한정효는 그 점에 대해서는 별로 걱정하지 않았습니다.

도착했을 때에 비해 눈에 띄게 가벼운 발걸음으로 G현을 떠난 그는 다음 날부터는 아예 본격적인 유람객으로 변신해(그 와중에 중요한 용무도 하나 해결하기는 했지요) 들를 수 있는 명소란 명소는 다 들러 출석 도장 꽝꽝 찍고 산해진미로 배를 꽉꽉 채운 후에 열흘 만에 다시 A현으로 돌아왔습니다. 해 지기 전에 도착한 한정효는 어리석고 늙고 성실한 형의 근무가 끝나기를 기다렸다가 방으로 찾아가 재회의 기쁨을 나누었습니다. 씀바귀나물 향기 나는 개다리소반을 사이에 두고 늦은 밤까지 이야기를 주고받은 한정효는 아침 일찍 일어나 《맹자》를 한 장 정독하고 세수하고 의관을 정제한 뒤 시동을 불러 엄히 일렀습니다.

"통인 이천강을 지체 없이 데려와라."

이천강의 간살맞은 짓거리는 한정효가 그를 처음 보았을 때와 하나도 다르지 않았습니다. 허리를 굽히는 각도, 살짝 머금은 미소, 손바닥 비비는 행동 모두가 비굴, 또 비굴이어서 전날의 복사판이었습니다. 게다가 오는 길에 주인 없는 엽전 꾸러미라도 발견했는지 얼굴 전체에 밝고 고양된 기운이 넘쳐서 방바닥을 흥건하게 적실 지경입니다. 처한 상황이 어떻든 간에 새로운 기운이 가득한 아침에 활기차게 구는 인간을 상대하는 것은 기분 좋은 일이지요. 그래서 한정효도 가능한 한 부드러운 어투로 대화의 물꼬를 틉니다.

"G현에 좀 다녀왔다."

이천강은 천장을 보며 샛눈을 뜨고 고개를 한 번 갸웃거리고는 곧바로 손가락을 살살 흔들며 구체적인 논평을 답니다.

"무례를 무릅쓰고 감히 말씀 드리자면 G현보다는 그래도 A현이 훨씬 낫지요. 꽤 오래 전에 현감 나리의 명령을 받잡고 G현에 간 적이 딱 한 번 있었습니다. 답을 받으려면 하루를 기다려야 하는 터라 시간이 어정쩡하게 되었지요. 그래서 그곳 사람들에게 뭘 하면 좋을까 물었더니 다들 입이라도 맞춘 듯 북바위산을 추천하는 게 아니겠습니까? 북바위산에서 보는 전망이 그만이라는 말에 속아 올랐다가 중턱 부근 험로에서 발을 헛디뎌 죽을 뻔했습니다. 전망도 좋지만 사람부터 살고 볼 일이기에 당장 내려왔지요. 그런 데를 권하다니, 아마도 내가 그곳 사람들에게 밉보인 일이 있나 봅니다. 아무튼 그때만 생각하면 지금도 모골이 오싹하고 앞이 캄캄해집니다. 제 생각엔 황천길 가는 지름길인 북바위산보다는 부처님을 모신 송림사 가는 길이 훨씬 더 좋아 보였습니다. 길이 짧은 게 다소 흠이기는 해도 양쪽으로 전나무가 줄지어 서 있는 풍경이 제법 북방을 연상하게 하는 데다가 나무 사이로 부는 바람이……."

한정효는 느긋한 표정으로 이천강의 말을 끝까지 듣습니다. 송림사 가는 길과 송림사의 오래된 대웅보전, 구경 마치고 오는 길에 먹었다는 검은 칡 국수 이야기까지 다 들은 후 소감 삼아 한 마디를 툭 던집니다.

"제주 판관을 지낸 엄택주가 G현에 산 적이 있다는 말을 들었다."

이천강은 순진무구한 백치 소년처럼 입을 살짝 벌리며 웃습니다.

말 한 마디 없이 지어 보이는 그 어리석은 표정이 우습기도 하고 그 태도가 재미있기도 해서 마음이 더욱 푸근해진 한정효는 어렵사리 얻은 정보 하나를 공짜로 제공하는 선심을 베풉니다.

"엄택주에게 친한 벗이 한 명 있었는데 그이의 이름은 엄현정이란 다. 동성동본인 둘은 나이도 같았단다."

이천강의 표정에 변화가 없기에 한정효는 왼쪽으로 조금 기울어졌 던 자세를 똑바로 하고는 이번에는 자신이 G현에서 얻은 정보 전부 를 한꺼번에 내놓습니다. 복잡다단과 애매모호를 피하기 위해 제법 노력을 기울였지만 그래도 천한 것이 편히 떠먹기엔 정보의 양이 과 다했던 탓일까요. 듣는 이천강의 표정이 살짝 바뀌었습니다. 어느 순 간 그 바보 같던 웃음이 사라지고 노골적인 의아함이 이마부터 턱 끝 까지 먹물을 흘린 듯 재빠르게 번졌습니다. 그 천박한 표정이 전달하 고자 하는 바는 명확합니다.

엄택주는 누군가요? 엄현정은 또 누군가요? 엄택주며 엄현정 같은 듣지도 보지도 못한 이들의 행적을 소인이 굳이 알아야 하는 이유는 도대체 뭔가요?

그 시점에서 한정효는 처음부터 일관되게 유지했던 부드러움을 슬 며시 포기합니다. 뻔한 수작질을 더 보고 즐기기엔 슬슬 지루했기 때 문이지요. 그래서 말투를 조금은 딱딱하게 바꾸어 차근차근 다시 묻 습니다.

"혹시 모를까 싶어 이르는데 내가 던지는 질문은 네가 생각하는 것이상으로 중요하다. 너의 답변 하나가 네 남은 인생의 향방을 결정할 수도 있다는 말이다. 네놈은 보기보다 대여섯 배는 더 똑똑한 놈이니 이만하면 내 말뜻을 제대로 알아들었겠지?"

한정효의 말투가 바뀌니 이천강의 태도는 이전보다 대여섯 배까지는 아니더라도 배는 공손해집니다. 과공비례를 둘도 없는 칭찬으로 아는 인간임을 감안하면 공손이라기보다는 비굴이라는 단어가 더욱 적합할 것 같기는 합니다. 아무튼 태도는 비굴해도 대답 소리는 명확하고 우렁찹니다.

"잘 알아들었습니다. 왜 갑자기 그리 무섭게 말씀하시는지는 잘 모르겠으나 소인은 늘 그래 왔던 대로 솔직하게, 공자님인지 맹자님인지 잘은 모르겠으나 아무튼 그 두 분 중 한 분이 말씀하셨던 것처럼 하늘에 한 점 부끄럼 없게 아는 대로 다 말하겠습니다."

"엄택주를 아느냐?"
"모릅니다."
"엄현정을 아느냐?"
"모릅니다."

신속한 답변에 크게 웃으며 활기차게 고개 끄덕인 한정효는 이천강을 만나기 전에 정성 들여 읽었던 《맹자》를 뒤적거리며 말합니다.
"너 또한 사내대장부라고 부끄럼을 말하고 의리가 있는 척하는구

나. 그래, 사내대장부라면 마땅히 그래야겠지. 부귀로도 타락시킬 수 없는 사람, 가난함으로도 비굴하게 만들 수 없는 사람, 협박으로도 굴복시킬 수 없는 사람이 바로 사내대장부이니까 말이다. 그런데 너는 사내대장부의 처신만 알고 노비가 가져야 할 당연한 예는 전혀 모르는구나. 항상 공경하는 마음으로 주인을 대하고, 주인이 아무리 시원찮아도 그 말에 거스르지 않고, 어떤 상황에서도 거짓을 아뢰지 않는 게 노비가 갖춰야 할 삶의 기본자세인데 말이야. 네놈이 비록 네 마누라 앞에서는 사내대장부일지 모르나 내 앞에서는 천한 노비일뿐이라는 사실을 잊지 말라는 것이다. 그래서 다시 묻겠다."

"엄택주를 아느냐?"
"모릅니다."
"엄현정을 아느냐?"
"모릅니다."

한정효는 고개를 푹 숙인 이천강을 바라보며 손가락을 들어 거문고 연주하듯 빠르게 움직이더니 손뼉을 탁탁 치고는 화제를 슬쩍 전환합니다.
"내가 열일곱 살이던 때의 일이다. 여름날 하루 종일 방 안에 들어앉아 책만 읽다 보니 조금 답답했다. 그래서 하인 놈을 불러 시원한 막걸리 한 동이를 사 오라고 일렀다. 그런데 이놈이 삼십 분이 지나도 나타나지를 않는 것이었다. 목이 몹시 말랐지만 꾹 참고 기다렸다. 성실한 놈이 늦는 데에는 합당한 이유가 있을 거라 생각하며 기다렸다. 놈은 한 시간이 지나서야 나타났다. 그런데 놈은 미안하다는 말한 마디 없이 막걸리만 마루에 올려놓고 슬며시 도망가려 하는 것이었다. 놈을 불러 가까이 오라 했다. 놈에게서 술 냄새가 났다. 그래서 내가 어떻게 한 줄 아느냐? 술동이를 들어 놈의 뒤통수를 갈겼다. 그대로 바닥에 자빠진 놈의 등을 발로 사뿐히 지르밟았다. 놈이 버둥거렸다. 그 모습이 꼴사나워서 아예 모가지를 짓밟았다. 그랬더니 놈이 어떻게 된 줄 아느냐? 몸을 살짝 떨더니 더 이상 움직이지 않았다. 참으로 우스운 이야기지. 막걸리 한 사발을 목숨과 바꿔 마신 셈이니까. 아는 놈을 만나 술 한잔 했다고 이실직고만 했으면 곤장 몇 대 맞고 끝났을 일을 제 스스로 크게 만들어 버린 거지. 자, 이만하면 말귀를 충분히 알아들었을 테니 다시 묻겠다."

"엄택주를 아느냐?"
"모릅니다."
"엄현정을 아느냐?"
"모릅니다."

한정효가 버럭 화내는 모습을 기대했다면 오산입니다. 한정효는 더이상 묻지 않고 고개를 살짝 비틀어 까딱거립니다. 이천강은 자리에

131

서 일어나 허리 깊이 숙여 인사를 하고는(이번엔 비굴한 각도까지는 아니었다는 사실을 짚고 넘어가야겠습니다) 밖으로 나갑니다. 한정효는 혹시라도 변명의 여지가 없도록 하기 위해 밝고 커다란 목소리로 이천강을 멈춰 세워 새 약속을 잡습니다.

"내일 또 부를 것인데 아마 오늘과는 분위기나 대우 면에서 좀 다를 것이다. 그게 궁금하다면 내일 만나면 될 것이고 궁금하기보다는 부담스럽다면 네 놈이 오늘 밤이라도 내게 달려오는 방법도 있다. 난 너에게 이래라 저래라 강요하지 않겠다. 궁금한 쪽과 부담스러운 쪽, 이 둘 중 어느 쪽을 고를 지는 전적으로 너의 냉철한 의지에 달렸느니라."

당신의 급한 성격을 감안해 과정을 생략하고 결과부터 말하자면 이천강은 둘 중 어느 쪽도 선택하지 않았습니다. 야반도주라는 지극히 통속적인, 상상력이라고는 찾아볼 수 없는 교과서적이며 구태의연한 방법을 택했습니다. 그러나 남이 알려 준 방법보다 자발적인 선택을 더 중시한 자율적 인간 이천강이 놓친 게 하나 있습니다. 야반도주 또한 실은 한정효의 심중에 이미 들어 있었다는 사실입니다. 그러니까 이천강은 한정효가 제시한 세 가지 선택지 중 세 번째를 고른 셈이라는 것입니다. 물론 그 세 번째에는 한정효가 애써 추천하지 않았던 방법이라고 짐작할 수 있듯 선택에 따른 만만치 않은 후폭풍을 덤으로 감수해야 한다는 몹시 불리한 조건이 달려 있었지요. 그래서

132

이천강은 깊은 밤 야심차게 문밖으로 나서자마자 곧바로 군뢰들에게 붙잡혀 관아로 이송되었고, 지금은 동헌 마당에 놓인 형틀에 팔다리 꽁꽁 묶인 신세가 된 것입니다.

철이 다 끝나가는 것도 모르고 여전히 제 세상으로 오해해 미쳐 날뛰는 북풍의 권세에 아부하듯 횃불들이 이리저리 아름답게 흔들리는 밤, 현감 한승효는 하늘 높이 떠 고결한 달을 이백처럼 한참 쳐다보다가 두보처럼 나직한 목소리로 묻습니다. 우리도 다 아는 내용입니다. 엄택주와 엄현정을 아느냐는, 이제는 식상하게 들리기까지 하는 그 질문에 이천강은 역시 우리가 다 아는 그 뻔한 대답 모릅니다, 로 응대합니다. 한승효는 질서 정연하게 자리한 별의 개수를 모조리 다 세려는 듯, 아니면 별똥별이라도 찾으려는 듯 오랫동안 하늘을 쳐다보다가 고개를 살짝 저으며 명령을 내립니다.

"그럼 시작해라."

어리석은 현감 한승효가 씀바귀나물을 먹다 체한 씁쓸한 표정으로 시작하라 명령한 것은 바로 고문입니다. 우리는 한승효가 내린 결정을 충분히 이해할 수 있습니다. 이천강이 질문에 대한 제대로 된 답변을 하지 않았기에 어쩔 수 없이 고문이라는, 지금은 그렇지 않지만 (물론 완전히 사라졌다고 단언할 수 있는 사람은 아무도 없겠지만) 그 당시에는 합법적이라 규정되었던 수단을 동원한 것이니까요. 혹시라도 당신이 오해할까 싶어 이는 한승효의 포악한 성격과는 하등 관련 없는 일이라는 사실을 여기서 밝혀 둡니다.

이천강이 정확히 어떤 종류의 고문을 받았는지 장황하게 기술할 생각은 없습니다. 나는 평화를 사랑하는 사람이라 이 글에서 피와 살이 사방으로 마구 튀는 일이 벌어지는 것을 원하지 않습니다. 모사꾼의 이미지와 가깝게 그려지기는 했으나 실은 내가 이천강이라는 인물을 당신의 추측보다는 훨씬 더 아끼고 사랑한다는 사실도 그가 고통당하는 장면에 대한 구체적인 묘사를 피하려는 한 이유가 될 것입니다.

그렇다고 고문이라는, 역사가 길고 긴 데다가 범위 또한 넓고도 깊어 그야말로 무한한 상상이 가능한 단어 하나만 주고 구렁이 담 넘어가듯 얼렁뚱땅 넘어가는 것도 나 하나만 믿고 여기까지 꾹 참고 따라와 준 당신에 대한 예의는 아닌 것 같습니다. 그래서 곰곰이 생각한 끝에 적절한 대안 하나를 제시합니다. 고전 작품 가운데 고문이 등장하는 장면을 골라 소개하는 것이지요. 이 방법에는 두 가지 장점이 있습니다. 우리 조상이 남긴 훌륭한 고전 작품이지만 모두가 외면하는 작품의 일부분이나마 읽어 볼 수 있는 기회가 생긴다는 것이 그 첫째이며, 조선 시대에 행해졌던 고문의 사례를 내 졸렬한 표현이 아니라 그 시대의 생생한 용어와 기술로 정확하게 파악할 수 있다는 것이 그 둘째입니다.


널판을 깔고 그 널판 위에 사금파리 두 섬을 깔고 두 다리를 넣고 또 사금파리 두 섬을 덮은 후 좌우로 널을 덮고 널머리를 단단히 매어 움직이지 못하게 하였다. 거기에 건장한 군사가 한쪽에 셋씩 서서 일시에 소리 맞춰 뛰었다. 열세 번 뛰면 이것을 한 체라 했다. 임금이 재촉하여 일시에 뛰어 자백을 받게 하시니 널 속에서 뼈와 사금파리가 깨지는 소리가 났다…… (화형을 하라는 임금의 명령에) 두 손 넓이만 한 넓적한 쇠두 개를 불에 넣어 달구고, 식으면 서로 바꾸어 달구어 지지게 했다…… 두 다리가 불같이 일어나고 벌건 기름이 끓어 누린내가 코를 찔렀다. 공의 모습은 죽은 나무 같았다. 끓는 기름이 콸콸 흐르니 옆에 섰던 신하들은 감히 떨며 바로 서 있지 못했다(서신혜가 옮긴 《박태보전》에서 인용하되 약간 고쳤습니다).

하지만 고소설의 작자도 소설가이니 현대 소설가들의 고질적인 병폐, 즉 별것도 아닌 사소한 일을 큰일이라도 난 것처럼 과장해서 쓰는 버릇을 가졌을 거라 주장할 당신을 위해 과장 없는 사실적인 글쓰기로 정평이 나 있는 이의 글 한 편을 더 소개하겠습니다.

가벼운 죄를 지은 자는 종아리를 치고, 조금 무거운 죄를 지은 자는 볼기를 친다. 종아리는 세워서, 볼기는 엎어놓고 친다. 더 무거운 죄를 지은 자는 정강이뼈를 정면에서 때린다…… 도둑은 난장으로 다스린다. 양발의 엄지발가락을 묶은 뒤 나무를 두 정강이 사이에 세워 발바닥이 위로 가게 매달고는 발끝을 때리는데, 발가락 열 개가 다 빠지기도 한다…… 압슬은 깨진 사금파리를 땅에 뿌린 뒤 사람을 그 위에 꿇리고 무릎 위에 무거운 물건을 올려 밟는 것이다. 화형은 쇠를 불에 달구어 지지는 것이다(이익의 《성호사설》에서 인용하되, 번역은 강명관의 《성호, 세상을 논하다》를 따랐습니다. 물론 약간 고치기는 했습니다).

　다시 말하지만 무지하다는 소리를 들을 정도로 평화를 무지하게 사랑하는 나는 한참 전부터 눈을 질끈 감고 있었던 터라 이천강이 정확히 어떤 종류의 고문을 받았는지 잘 알지 못합니다.
　그럼에도 압슬과 화형 이 두 가지는 확실히 받지 않았다고 목소리 높여 주장할 수 있습니다. 다 임금님의 은혜 때문입니다. 우리의 부지런하고 인자하면서도 때론 신경증적인 임금님이(아니면 신경증 환자이면서도 때론 부지런하고 인자하신 그 분이) 어느 날 갑자기 압슬과 화형을 금지시켰기 때문입니다. 이에 대해서는 워낙 자애로운 분이라 그랬다는 설과 자애는 개뿔, 지극히 개인적인 고통을 애처럼 참지 못해 그랬다는 설이 있습니다. 전자는 하나 마나 한 소리이니 그냥 넘어가는 게 당연하겠지만 후자에 대해서는 약간의 설명이 필요합니다.
　허리가 아파 뜸 치료를 받던 임금은 어린애처럼 뜨거움을 참지 못하고 앗, 뜨거워 하고 비명을 질렀답니다. 지르고 보니 민망했지요. 의원이며 아랫것들 볼 면목이 없었지요. 임금은 곰곰이 생각하다 뜬금없는 명령을 내렸습니다.
　"뜨거운 건, 고통스러운 건 참으로 견디기 힘든 일이다. 그러니 앞으로 지나치게 잔인한 형벌인 화형과 압슬은 금지하도록 하라."

각설하고, 사디스트가 아닌 이상 우리의 관심사는 이천강이 어떤 종류의 고문을 받아 얼마나 살이 찢기고 피가 흘렀는지에 있지 않습니다. 그렇습니다. 당신의 날카로운 지적대로 우리는 이천강이 과연 그 고문을 통해 모릅니다, 로 일관했던 답변을 수정했는지 아니면 계속 고수했는지를 확인하기만 하면 그만입니다.

이번에도 결론부터 말하기로 합시다. 통인 이천강은 대답을 바꾸지 않았습니다. 시종 취했던 간살맞은 태도에 어울리지 않는 인내의 극단을 선보이며(이래서 인간은 양면적이라 하는 건가 봅니다!) 자신이 했던 답변을 끝까지 고수했습니다. 물론 고문이 절정에 달했을 무렵 악다구니에 받혀 혹은 아드레날린의 폭발적 분비로 살짝 맛이 간 상태에서 자신이 했던 말을 부인하기는 했습니다. 그러나 그 말은 형 이만강이 도망간 이유에 대한 것이었습니다.

이만강은 양반집 처자를 범한 후 도망간 게 아니라 양반집 처자가 일어나지도 않은 일 때문에 자결했다는 소식을 들은 후에 처벌을 받을 게 두려워 도망갔다는 뭐 그런 이야기였습니다. 그러니까 일의 실상이 잘못 알려졌다는 게 고통을 겪은 후 내뱉은 그의 새로운 주장이었던 겁니다. 그 뒤에 사내대장부란 어쩌고저쩌고 하는 말을 간헐적으로 이어 갔으나 그 말은 입 안에 가득한 피를 뱉듯 툭툭 내뿜어진 데다가 쉬지 않고 가해지는 고문의 영향으로 말이라기보다는 비탄을 주제로 편곡한 쇤베르크식 현대 음악에 가까워 첫 단어 말고는 나머지 문장을 제대로 해독할 이가 아무도 없었습니다. 여하튼 이천강은 제 딴에는 용기를 내어 오래전 일어났던 일의 진실을 털어놓고 사내대장부로서의 당찬 결의로 짐작되는 말도 함께 밝혔지만 그 말은 고문의 주최자인 한승효, 참관인인 한정효의 마음속에 잔물결 한 번 제대로 일으키지도 못했다, 이 말이지요.

이천강은 그 말도 되지 않는 말을 끝으로 정신을 잃었습니다. 한정효가 고개를 살짝 끄떡이자 현감 한승효는 끝을 선언했습니다. 시체처럼 늘어진 이천강은 프리즌 호텔로 옮겨졌고, 아전들의 능수능란한 일처리 덕분에 해가 떴을 때는 무척이나 어지러웠던 동헌 마당이 교토의 대표적인 사찰인 금각사나 은각사의 정원처럼 예술적으로, 기하학적으로 깔끔해졌습니다.

이렇게 해서 지난밤 분주하고 요란했던 동헌에도 마침내 정적이 찾아왔습니다. 멀리서 산새 울음소리가 들려오긴 했으나 지난밤의 매타작질과 고성방가에 비하면 그건 소리라고 할 수도 없는 것이지요.

지금 동헌에는 늙고 어리석은 현감 한승효와 홍문관 부교리 한정효만이 남아 있습니다. 둘의 얼굴은 평온합니다. 한승효는 동생을 보며 허심탄회하게 의견을 피력합니다.

"이천강이라는 놈, 내 말대로 정말로 흥미로운 놈이지 않느냐?"

한정효는 그 잘생긴 이목구비가 돋보이도록 고개를 사십오 도 얼짱 각도로 비틀어 하늘을 보면서 대답합니다.

"형님의 노고를 통감합니다."

흥미로운 건 둘의 얼굴 그 어디에도 원하는 정보를 끝내 얻지 못했다는 아쉬움과 자괴감 같은 부정적인 감정이 없다는 사실입니다. 왜 그럴까요? 이유는 간단합니다. 이천강을 고문하기 전에 이미 필요한 정보를 두 손에 넣었기 때문입니다. 정보의 출처보다 더 궁금한 질문, 그렇다면 모두 사람이 밤잠을 반납해 가면서까지 이천강을 고문하는 수고를 아끼지 않은 까닭은 도대체 무엇일까요? 겉보기엔 난해하나 실은 이 질문에 대한 답은 매우 간단합니다. 필요했기 때문이지요. 어리석은 현감은 어리석음 이면에 든든히 자리한 냉혹함과 위엄을 슬쩍이나마 보여 줄 적절한 타이밍이라 여겼고, 정의감으로 무장한 홍문관 부교리, 그럼에도 인정받기는커녕 상처를 잔뜩 받은 홍문관 부교리는 튼튼한 사회는 다름 아닌 올바른 상하 질서에서 비롯된다는 자신의 믿음을 이 기회를 틈타 내외에 과시하기를 절실히 원했기 때문입니다.

# 양반은 신경 쓰지 않는 노비의 삶

　양반은 신경도 쓰지 않는 노비의 짧은 삶에 대해 말하는 선생의 얼굴은 평소처럼 담담했습니다. 그러나 선생을 만난 후 선생의 곁에서 바위에 붙은 석화처럼 딱 붙어 살았던 나는, 어릴 때부터 눈칫밥을 주식으로 먹고 살았던 나는, 선생은 담담한 게 아니라 담담한 척하는 거라는 사실을 곧바로 눈치챘습니다. 그러나 내가 누구입니까? 눈치껏 행동하는 일에도 늘 최고였던 나였습니다. 그랬기에 나는 선생의 어설픈 연기에 속는 체했습니다. 선생이 담담한 척하는 게 아니라 담담한 거라고 굳게 믿는 척했습니다. 그러나 나는 선생처럼 담담하거나 담담한 척할 수 없었습니다. 노비의 삶에 대해서는 알 만큼 안다고 여겼지만 선생이 들려주는 이야기들은 내가 아는 것보다 한 걸음씩 더 나아갔습니다. 비록 난 그런 일을 당하지 않았지만, 그런 일들은 얼마 지나지 않아 내게도 닥칠 일이 분명했습니다. 어리석은 나

도 노비이기에, 그런 걸 배우지 않아도 저절로 현명해지는 법이기에
그 정도는 알아챘습니다. 그랬기에 선생의 이야기를 듣는 내내 나는
입술을 조금씩 물어뜯어 마침내 눈물처럼 줄줄 흐르는 피를 만들어
내고야 말았던 것이지요.

　한강 가에 광대 부부가 살았다. 나무로 만든 귀신 탈을 쓰고 광대놀
음을 하는 것으로 목구멍에 간신히 풀칠하고 살았다. 어느 이른 봄날 광
대 부부는 얼음 위에서 탈을 쓰고 광대놀음을 연습했다. 세상은 부부
의 근면함을 비웃었다. 갑자기 얼음이 꺼져 아내가 물속으로 빠진 것이
다. 갑작스럽게 벌어진 일이라 광대는 손을 쓸 수 없었다. 빙글빙글 도는
동작을 새로 익히고 있었던 터라 일이 벌어진 순간을 제대로 보지도 못
했다. 아내가 보이지 않자 광대는 발을 구르고 손을 허우적대다가 마침
내 얼음이 꺼진 곳을 발견하곤 손을 내밀었다가 한참이 지나서야 포기하
고 통곡했다. 광대가 꺼이꺼이 울자 지나가던 양반들이 크게 웃었다. 귀
신 탈을 쓰고 꺼이꺼이 우는 꼴이 광대놀음 하던 때와 똑같았던 것이다.
양반들은 그놈, 혼자서도 참 잘 노는구나, 하고 외쳤다. 광대는 꺼이꺼이
우느라 목이 쉬었고 양반들은 목청을 다해 웃느라 목이 쉬었다.

　의금부 노비가 등에 쌀을 지고 얼어붙은 강을 건넜다. 단단하다고 믿
었던 얼음이 갑자기 꺼져 몸의 절반이 물속으로 빠졌다. 멀리서 그 광경
을 본 어느 양반이 유식한 조언을 했다.

"쌀자루를 풀어서 버리게. 그러면 살 수 있네."

의금부 노비가 버둥거리기만 하고 등에 진 쌀자루를 풀지 않자 양반은 답답해서 더 크게 외쳤다.

"쌀자루를 버리라니까."

용을 쓰던 의금부 노비가 악을 쓰며 대답했다.

"모르는 소리 하지도 마십시오. 이 짐을 버리고 나만 살아 돌아가면 어떻게 되는지 아십니까? 차라리 짐을 지고 죽는 게 그보다는 닛겠습니다."

의금부 노비는 한참을 버둥거리다 더 버티지 못하고 물에 빠져 죽었다. 양반은 노비가 빠진 곳을 바라보다 휙 돌아서며 혼잣말을 했다.

"어리석고 한심한 노비 같으니."


주인에게 심하게 학대 받던 노비가 있었다. 노비는 더 참지 못하고 불끈했다. 주인에게 불평불만 많은 첩과 공모해 주인을 죽이기로 했다. 그러나 첩은 무슨 일이 있었는지 막판에 배신했다. 노비가 반역한 사실을 주인에게 참새처럼 재잘거렸다. 이제 당하고는 못 사는 주인의 악랄한 보복전이 시작되었다. 주인은 마당에 기둥을 세운 뒤 노비를 묶었다. 다른 노비들을 시켜 땅을 판 뒤 노비를 그 안에 집어넣었다. 노비는 얼굴만 내밀 수 있는 그 무덤이나 다름없는 곳에서 제발 용서해 달라며 큰 소리로 빌었다. 주인은 다른 노비들에게 흙을 덮으라고 했다. 흙더미를 얼굴에 맞은 노비가 화가 났는지 이를 갈고 욕을 했다. 주인은 다른 노비들에게 어디서 모기 소리가 들리니 서둘러 흙을 덮으라고 했다. 노비의 욕이 이어졌고 모기 소리 타령도 이어졌고 흙더미를 퍼붓는 일도 이어졌다. 언어가 권력을 이길 수 없듯 욕은 흙을 이길 수 없었다. 게다가 욕을 하려면 입을 벌려야 하니 처음부터 불리한 싸움이었던 셈이다. 얼마 후 노비는 보이지 않게 되었다. 노비의 목소리는 조금 더 들리다가 마침내 끊어졌다. 주인은 다른 노비들에게 늦은 밤에 모기 잡느라 수고했다며 엽전 몇 푼을 던져 주었다.

주인집에서 도망 나온 노비가 있었다. 다행히 잡히지는 않았으나 먹고 살 길이 막막해 이곳저곳 떠돌다 거지가 되었다. 거지가 되었으니 구걸을 해야 하는 것은 당연한 일. 그래서 거지는 거지답게 전심전력을 다해 구걸했다. 한 번 구걸해서 안 되면 두 번, 세 번, 네 번, 다섯 번이라도 구걸해서 밥을 얻었다. 그러다 흉년이 되었다. 설상가상으로 계절은 겨울로 접어들었다. 구걸을 열 번 하고 스무 번을 해도 찬밥 한 공기를 얻지 못했다. 사정이 이러하니 주인집이 그리울 지경이었다. 며칠 동안 입에 풀칠도 하지 못한 거지는, 정신이 나가기 일보 직전의 거지는 혹시나 하는 마음에 솟을대문 집을 두드렸다가 어린 여종이 뿌린 물만 바가지로 맞았다. 거지는 몸을 덜덜 떨며 하늘을 보곤 차라리 죽고 싶소, 죽고 싶소, 하고 길게 한탄했다.

# 측은히 여기는 순수한 마음

이제 나는 당신에게 우연히 일어난 어떤 만남에 대해 설명하고자 합니다. 중북부 지방을 대표하는 H현의 최북단에 위치한 고을, 국토 끝까지 이어지는 산맥에서 파생한 거대 절벽이 수호신처럼 뒤편에 엉덩이 붙이고 자리 잡았으며, 멀리서 보기에는 원과 명의 대표적인 화가인 예찬이나 동기창이 그린 고요하고 아름다운 산수화의 일부처럼 보이는 고을, 설레는 마음을 안고 가까이 다가가면 전나무 줄기를 잘라 덮고 냇돌과 너시래로 지붕을 되는 대로 거칠게 보강한 너와집들과 그 집들의 엉성한 지붕 틈으로 어지러이 흔들리며 안개처럼 피어나는 매콤한 연기에 눈을 비비며 과연 북풍한설이 주인으로 호령하며 사는 곳이로구나, 그림은 그림이고 현실은 현실이로구나 하는 아름답고 차가운 깨달음을 절로 얻게 되는 고을인 I촌에 들어선 홍문관 부교리 한정효는 낡은 책 몇 권 옆구리에 낀 채 일부러 고개 푹 숙이

고 바삐 지나가는 티가 역력해 보이는 열대여섯 살 먹은 소년을 게 섰
거라, 하는 짧고 단호한 명령으로 멈추게 한 후 자신이 찾는 이의 이
름을 댑니다.

외지인의 출몰 때문인지 사람을 찾는 질문 때문인지, 뭔가 감춘 게
들킨 탓인지는 명확하지 않으나 여하튼 당황한 기색이 역력한 소년은
살짝 말을 더듬으며 그런 이름은 한 번도 들어 본 적이 없다고 공손
하게 대답합니다. 바람에 더벅머리가 마구 휘날리는 산골 소년치고는
눈도 반짝반짝 빛나는 데다가 예의범절 또한 제대로 갖춰져 있는 편
입니다. 그래서 한정효도 아예 말에서 내려 자세를 바로 하고 목구멍
깊은 곳에서부터 부드러운 목소리를 우아하게 끌어내어 겁먹은 소년
의 여린 마음을 다독입니다.

"판관 나리가 어떤 분인지는 나도 잘 안다. 그러니 걱정할 것 없다."

한정효의 반듯한 이목구비에 대해서는 이미 여러 차례 언급한 바
있습니다. 관료들 사이에서도 꽤 돋보이는 편이었던 그의 외모는 북
풍한설이 지배하는 살벌하고 외로운 고장에서는 가히 독보적이라 할
만합니다. 그 이목구비에 서울내기 특유의 간질거리는 듯한 부드러운
목소리, 약간 가늘어서 오히려 믿음직한 연설, 손목만 이용해서 표현
하는 절제된 손동작이 더해지자 소년은 더 버티지 못하고 느닷없이
자신의 죄를 고백하고 맙니다.

"안 그래도 선생님께서는 며칠 내에 귀한 손님이 오실지도 모르니
혹시라도 마주치면 지체하지 말고 안내하라고 말씀하셨지요. 그런데

막상 나리를 뵙고 보니 무섭고 떨려서 저도 모르게 모른다는 말부터 하고 말았습니다. 죄송합니다. 저를 따라오시지요.”

한정효는 말구종과 시동에게 주막에서 편히 쉬고 있으라고 단호한 어투로 명령을 내리고는 홀로 소년의 뒤를 따릅니다. 길은 오르막의 연속이었지만 체력이 약한 한정효의 표정은 의외로 밝기만 합니다. 길에서 우연히 마주친 소년 덕분에 생각지도 않게 일이 쉽게 풀렸으니 말이지요.

이것이 바로 내가 말한 우연한 만남의 내막입니다. 물론 당신은 I촌에 도착한 지 얼마 되지 않아 한정효에게 일어난 이 사건을 완벽한 우연의 산물로 치부하려는 나와는 조금 다른 견해를 갖고 있을지도 모르겠습니다. 그래서 이렇게 목소리 높여 항의하고 싶어지겠지요.

허약한 육체를 지닌 한정효가 벽지(僻地)인 I촌을 찾았다는 것은 엄택주가 I촌에 머물고 있다는 정보를 모종의 경로로 얻었기 때문일 것입니다. 다른 말로 하자면 소년을 만나지 않았더라도 한정효는 자신이 확보한 정보를 따라 별 어려움 없이 엄택주를 찾았으리라는 뜻입니다. 두 방법 사이에 약간의 시간차야 존재하겠으나 결과만 보았을 때는 무의미합니다. 그런 마당에 굳이 잘 어울리지도 않는 우연이란 차분하면서도 신비로운 단어를 가져다 붙인 것은 도대체 왜인가요?

그건 우연이란 말 말고는 이 사태를 제대로 설명할 수 없기 때문입니다. 두메산골치고는 물산이 풍부해 사람들이 적지 않게 거주하는 마을이므로 한정효는 다른 이를 먼저 만날 수도 있었을 것이며, 소년

나이 또래의 젊은이 또한 정신머리 없는 두 서넛을 제외해도 다 합치면 이삼십 명은 족히 되는데 한정효는 그중에서도 하필 소년을 제일 먼저 만난 것입니다. 그것도 엄택주가 거두어 심혈을 기울여 가르치고 있는 소년, 신분 또한 노비여서 가끔은 엄택주 과거의 그림자처럼 보이기도 하는 소년, 거기에 더해 자칫 어색할 수도 있었던 엄택주와 한정효가 안부를 묻는 짧은 인사 후 곧바로 마음 속 깊은 말을 이어 가게 해 준 계기까지 기꺼이 제공해 주었던 그 예의 바른 소년을 마을에 들어선 한정효가 가장 먼저 만났으니 어찌 우연이라는 극적인 요소가 다분한 단어로 이 장을 시작하지 않겠느냐 이 말입니다!

엄택주는 허리 굽혀 정중하게 인사하고 물러가는, 아니 그것만으로는 충분하지 않다고 여겼는지 물러갔다 다시 돌아와 조금 전보다 허리를 더 깊이 숙여 인사하고 물러가는 예절 바른 소년을 잠깐 불러 세우더니 귓속말을 한참 합니다. 그러고는 또 허리 숙여 인사하고 물러가는 소년의 뒷모습을 사라질 때까지 바라보더니 도망 노비라는, 경우에 따라서는 자충수로 작용할 가능성이 농후한 표현을 제 입으로 골라서 씁니다.

"길바닥에서 저 아이를 처음 만났을 때는 체격이 지금의 절반도 되지 않았습니다. 앓아누운 아이를 서너 달 돌봐 주었더니 마침내 기운을 차렸고, 그 뒤로는 아예 이 집에서 먹고살고 있답니다. 밥 짓고, 나무하고, 심부름까지 도맡아 하니 외로운 나에게는 어느덧 없어서는 안 될 어린 벗 같은 존재가 되었지요. 면천을 시켜 주고 양자로 입적하고 싶은 소망이 있지만 쥐꼬리만 한 재산밖에 없으니 늙은 홀아비의 꿈으로만 끝날 것 같습니다."

　달관한 도인처럼 담담히 속내를 토로하는 엄택주의 발언에서 한정효가 주목한 건 미화 어구로 수식하지 않고 외로움을 직설적으로 내비친 부분입니다. 그래서 한정효는 전에 F현 이방아전에게 물었던 것과 비슷하나 그보다는 더 직접적이고 구체화된 질문, 즉 부인과 자식은 없느냐는 질문을 합니다. 엄택주는 얼굴색보다 더 검고 굵은 마디의 손가락을 바라보며, 결코 끼어 본 적도 없는 가락지를 상상하는 것처럼 비슷한 표정을 지으며 오래전에 결혼을 약속한 사람이 있기는 있었다는 대답을 합니다. 그 사람이 죽은 뒤에는 생과부의 예를 본받아 내내 혼자 살았다고 대답합니다. 아마도 당신은 그 사람이 바로 신씨녀일 것이라고 추정하겠지요. 홍문관 부교리이자 과거 장원 급제자 출신인 한정효 또한 그렇게 생각했을 가능성이 높으나 확실하지는 않습니다. 한정효는 자신이 궁금해서 물었던 과거사에 대해 엄택주가 의외로 쉽게 답을 털어놓자 거기에 대해서는 이렇다 저렇다 논평도 없이 곧바로 다른 주제를 꺼내 들었으니까요.

　"사실 오면서 걱정을 좀 하기는 했습니다. 혹시 안 계시면 어떻게 할까 하고 말입니다."

　"미리 조치라도 취해 놓지 그랬습니까? H현 현감이 나이도 아직 젊어 의욕적이고, 또 그 나이치곤 제법 치밀한 구석이 있는 사람이라 미리 연락을 하고 왔으면 여행길이 보다 편안했을 텐데 말입니다."

"뭐랄까, 일을 키우고 싶지는 않았습니다. 게다가 생각하시는 만큼 걱정을 많이 했던 건 아닙니다. 왠지 계실 것 같았거든요."

"나를 믿었다는 뜻입니까?"

"그런 쪽에 가깝지요."

저간의 사정에 대해 간략한 언급으로 운을 뗀 한정효는 그다음으로 무슨 이야기를 할까 하다가 둘 모두에게 익숙한 소재, 그러니까 엄택주를 처음 만났을 때 어떤 위압적인 분위기에 휩쓸려 자신도 모르게 털어 놓았던 꿈과 배경 사건에 대한 이야기를 꺼냅니다.

"정당한 상소였음에도 홍문관 부교리 자리가 위태롭게 된 건 다 당파 싸움 때문입니다. 임금의 부당한 분노를 지적하기는커녕 행여 당에 해가 될까 싶어 전전긍긍해서는 가장 쉬운 방법, 즉 상소를 올린 이를 더러운 물건이라도 되는 것처럼 보이지 않는 곳으로 멀찌감치 치워 버리는 원시적인 수단으로 일을 대충대충 마무리해 버리니 올곧은 관리가 설 자리가 아예 없습니다. 제가 할 말이 아니기는 하나 꽤 길었던 관리 생활을 하면서 어느 정도는 경험하신 문제일 테니 솔직히 말씀드리면 지금 이 나라의 기강은 땅바닥까지 떨어져 있습니다. 중앙의 관리들은 당파 싸움에 자리다툼까지 하느라 밤낮없이 바쁘고, 지방관들은 그들대로 제 몫 챙기기에 바빠서 해가 지는 줄도, 날이 새는 줄도 모릅니다. 왕도가 아닌 패도가 궁궐과 관가에 역병처럼 유행하니 백성들이 머리 숙여 복종할 리가 없습니다. 자애로우신 임금의 불철주야 노력에도 불구하고 자기 땅을 버리는 유민이 늘어나며, 주인의 횡포를 피해 도망가는 노비들이 산길을 번잡하게 만들며, 남의 재물을 취해 쉽게 먹고살려는 도적 떼가 대낮에도 횡행하는 까닭입니다."

홍문관 부교리 한정효의 우국충정으로 갑옷을 만들어 입은 듯한 발언에 가슴이 저절로 뜨거워지지만 후대인인 우리로서는 패도가 만연한 결과 일어난 사회 현상으로 그가 콕 집어 말한 것들, 즉 유민, 노비, 도적에 신경을 집중하지 않을 수가 없습니다.

지금까지 드러난 한정효의 냉정하고 치밀하고 맵짜기까지 한 성격으로 볼 때 그가 우연히 유민, 노비, 도적을 언급했다고 믿기는 어렵습니다. 사실 그의 발언은 청중을 고려한 맞춤형 발언에 가깝습니다. 무슨 뜻인가 하면 엄택주에게 당신이 저지른 일은 이미 다 알고 있으니 더 끌지 말고 죄를 인정한 뒤 합당한 죗값을 치르라고 살짝, 아주 살짝 돌려서 말한 것이지요. 인사치레 말들은 다 생략하고 자신의 방문 이유를 알아보기 좋도록 전면에 걸어서 광고하듯 드러낸 한정효의 말에 엄택주는 어떻게 대응했을까요? 엄택주는 말귀 어두운 노인처럼 사오정 같은 답을 먼저 내놓습니다.

"이 험난한 세상에 짐승이 아닌 사람으로 태어나 일평생 올바르게 살아 나간다는 것, 생각만큼 쉬운 일은 아니지요."

한정효가 그 수수께끼 같은 발언의 의미를 헤아리기 위해 애쓰는 동안 엄택주는 느닷없이 외딴 고을을 찬양합니다.

"외직만 떠돈 터라 전국 각지의 풍속을 두루 경험해 보았습니다.

무슨 이유인지 서울과 멀어질수록 풍속은 더 좋아지더군요. 제대로 된 사람이 서울에서 살기가 어려운 까닭을 이 경험 하나만으로도 잘 알 수 있지요."

서울내기인 한정효는 자신의 발언에 대한 답사로 들리기도 하고 그렇지 않기도 한 애매함과 모호함으로 점철된 그 말에 고개를 끄덕이기도 뭐하고 가로젓기도 뭐해서 그저 가만히 있기로 합니다. 그러자 엄택주는 한정효를 보며 빙긋 웃고는 가슴속에서 오랜 시간 삭여서 이제는 마른 곶감처럼 주름진, 그러나 보기는 흉해도 달콤하고 향내 좋은 이야기들을 하나둘 꺼내서 거센 바람이 도주하듯 바쁘게 달려 지나가는 낡고 지저분한 너와 지붕 위에 차례로 올려놓습니다.


**두 통의 편지**


두 통의 편지를 앞뒤하여 받았습니다. 반갑고 미안한 이들이 오래 간만에 보내온 편지였습니다. 먼저 도착한 편지는 서투르고 짧았습니다. 나중에 도착한 편지는 유려하고 길었습니다. 서투르고 짧은 편지엔 군말이 전혀 없었습니다. 떠나라고 첫 줄에 적었고, 다시는 연락하지 말라고 둘째 줄에 적었습니다. 다 아는 내용이었지요. 읽을 만한 글줄도 변변치 않은 편지였기에 마지막 줄에 흘리듯 쓴, 그의 억센 손을 닮은 이름만 한참 보았습니다.

유려하고 긴 편지는 매화꽃 소식부터 전했습니다. 이백 년 된 나무에 오래간만에 꽃이 만발했기에 가지 하나를 꺾어 백자 꽃병에 담아 서안 위에 올려놓았다는 아름다운 문장으로 편지를 시작했습니다. 나는 재작년 봄에 보았던 그 집의 매화꽃을 머릿속에 떠올려 놓고는 편지를 읽었습니다. 매화꽃은 고마움에 대한 언급으로 이어졌습니다. 제사 때마다 잊지 않고 음식을 보내 준 것에 대한 감사가 지나치게 길어 조금은 민망했습니다. 그래서 아직 눈이 다 녹지 않은 장엄한 설산 꼭대기와 서리가 꽃처럼 핀 골짜기의 희고 푸른 숲을 보는 것으로 복잡해진 머릿속을 깨끗이 씻어 내곤 다시 편지를 보았습니다.

설산과 숲 탓일까요, 편지의 내용이 일변했습니다. 매화꽃에 얼음 한 덩이를 던져 꽃나무를 죽여 버리기라도 한 것처럼 편지의 내용이 갑자기 차갑고 단호하게 바뀌었습니다. 다시는 음식을 보내지 말라는 문장이 보였습니다. 다음 줄에는 홍문관 부교리의 이름이 있었습니다. 연관 없어 보이는 두 문장은 함께 읽어야 할 것입니다. 홍문관 부교리가 왔으니 더 이상 음식은 보내지 말라, 혹은 계속 음식을 보내면 홍문관 부교리가 더 자주 방문할 것이다, 하는 식으로 말입니다. 편지는 그 뒤로도 한참을 더 이어졌지만 나는 더 이상 읽지 않았습니다. 그리운 편지를 그냥 접어 봉투에 넣고는 철 지난 유행이기는 하나 기품 하나는 여전히 대단한 송설체로 적힌 이름만 한참 보았습니다.

고개를 들어 보니 북방의 검붉은 새가 후드득 하늘을 날아올랐습니다. 자작나무 가지를 흔들고 날아오른 새는 빨리도 사라졌습니다.

작고 빠른 것을 보니 지난 번 보았던 그 올빼미는 아니겠지요. 새 한 마리가 나타났다 사라짐으로 더욱 텅 비어 보이는 푸른 하늘을 보며 하루 이틀 간격으로 내게 도착한 두 통의 편지를 생각했습니다. 길이와 문투가 다른 건 편지를 쓴 이들의 배움과 신분과 지나온 삶이 상이하기 때문일 것입니다. 아니, 그보다는 그들의 심중에 지닌 반가움과 미안함이 똑같지 않기 때문일 것이고, 성격으로 보자면 한 사람은 된밥이고 다른 사람은 물렁팥죽이라 그렇기 때문일 것입니다.

아, 헤아림은 참 어려운 법입니다. 편지의 길이가 어찌 되었건 그들이 어떤 사람이건 둘은 나를 아는 이들이니까요. 그들의 속내를 짧고 긴 편지만으로 냉정하게 판단하는 건 차마 못할 짓입니다. 그래서 나는 편지 따위는 깨끗이 잊어버리기로 했습니다. 화로에 넣고 태워 아예 안 받은 것으로 여기기로 마음먹었습니다. 그날 밤 나는 내 어린 벗과 화로 앞에 앉아 개떡을 구워 먹었습니다. 어린 벗은 내게 무슨 좋은 일이 있느냐고 물었습니다. 나는 아무 말도 하지 않았습니다. 고개를 한 번 끄덕이고는 어린 벗의 얼굴을 한참 동안 들여다보았습니다.

## 벗의 따뜻한 글 한 장

명륜당 뒤편은 좁고 어두웠기에 나는 늘 그곳을 사랑했습니다. 강학 시간이 되어 몸과 마음이 느긋하고 한적해지면 나는 늘 그곳으로 달려갔습니다. 좁은 쪽마루 앞쪽 바닥에 몸을 고슴도치처럼 말아 앉아 낡은 책 한 장을 읽고 담장 위로 흐르는 구름을 한 번 보면 세상도 제법 살만 한 곳으로 느껴졌습니다. 갑작스러운 부름에 대비하기 위해 토끼처럼 귀는 쫑긋거렸어도 두 눈으로는 달짝지근한 쾌락을 맛보고 있으니 열다섯 살 노비에게 그보다 더한 호사는 없었습니다. 그러나 혼자 즐기는 열락은 오래가지 못하는 법입니다. 나는 감히 《맹자》 탓을 하렵니다. 무심코 펼친 아름다운 한 장에 푹 빠져 버려 구름도 안 보고 귀도 닫아 놓은 까닭에 생긴 일이니까 말입니다.

〈측은지심〉 장을 읽고 있구나, 하는 여린 목소리에 나는 화들짝 놀라 책을 떨어뜨리곤 일어섰습니다. 혹시나 싶어서 살짝 고개를 들고 봤더니 역시나 젊은 선생이었습니다. 젊은 선생을 머리에 그렸던 건 그즈음 젊은 선생이 나를 자주 보았기 때문입니다. 마당에서 마주치면 잠시 멈춰 서서 나를 보았고, 잔심부름을 시킨 후에도 그 자리에 서서 내 뒷모습을 보았습니다. 다만 그 시선의 의미를 정확히 이해하기엔 나는 좀 어렸습니다. 하지만 그 시선이 위험하다는 사실을 깨닫기엔 나는 충분히 긴 노비의 세월을 겪었습니다. 노비의 불문율은 그림자가 되라는 것입니다. 그림자가 사람의 눈에 자꾸 띄어서 좋을 일은 아무 것도 없습니다. 그래서 나는 젊은 선생을 경계해 왔는데 《맹자》에 홀딱 빠져 그만 뒤를 밟히고 만 것입니다.

나는 각오했습니다. 발길질이나 회초리 혹은 곤장으로 끝난다면 다행이라 여겼습니다. 한편으로는 막연한 희망도 품었습니다. 젊은 선생은 향교의 일반적인 교관들과는 좀 달랐습니다. 가르침에 지나치게 열정적인가 하면, 꼭 다른 공간에 존재하는 이처럼 멍한 표정으로 하루를 그냥 보내기도 했습니다. 젊은 선생은 《맹자》를 읽을 줄 아느냐고 물었습니다. 거짓말을 했다간 경을 칠 게 분명합니다. 그래서 나는 읽을 줄 안다고 대답했습니다. 젊은 선생은 누구에게서 배웠느냐고 물었습니다. 차마 어머니에게 배웠다고 말할 수는 없었습니다. 그랬다간 노비인 어머니가 어떻게 《맹자》를 가르쳤느냐는 질문이 이어질 것입니다. 나는 어머니의 조부가 역모에 휘말려 목이 달아난 사실, 남은 가족들은 노비가 되어 뿔뿔이 흩어졌다는 사실을 잘 알지도 못하는 젊은 선생에게 털어놓고 싶지는 않았습니다. 그래서 나는 이번엔 아예 들키면 경을 칠 각오를 하고 아버지의 이름을 댔습니다. 내 엉터리 대답을 들은 젊은 선생은 다행히 더 캐묻지 않고 쪽마루에 앉았습니다.

기둥에 등을 대고 어딘가 불편해 보이는 자세로 앉은 선생은 자신이 가르치는 학생 중엔 《맹자》를 읽는 이가 아무도 없다고 고백하듯 푸념하듯 말했습니다. 내가 그 말의 의미를 헤아리기도 전에 선생은 병아리를 입에 담았습니다. 선생은 사람이 병아리를 돌봐 주는 것은 당연한 도리라고 말했습니다. 병아리는 아직 어려서 털도 별로 없고 날개도 튼튼하지 못하기 때문에 사람이 보호해야 한다고 말했습니다. 지푸라기로 둥지를 채우고, 마당엔 싸라기를 듬뿍 뿌려 주고, 틈이 날 때마다 잘 먹고 잘 노니는지 살펴보면 열의 아홉은 살아남아

튼튼한 닭이 될 수 있다고 말했습니다. 미물인 병아리 따위에게 지극정성을 다할 필요가 있느냐고 의문을 제기하는 사람 한두 명은 어디나 꼭 있다고 말했습니다. 그런 사람에게는 동물이라 해도 살고 싶어 하는 마음과 죽기 싫어하는 마음이 사람과 똑같은데, 경전에도 나와 있듯 만물은 함께 살아가는 존재인데 어찌 병아리 한 마리를 위해 지극정성을 다하지 않겠느냐고 진지하게 반문한다고 했습니다.

선생은 나를 보며 빙긋 웃었습니다. 이유는 잘 모르겠으나 왠지 두려워져서 한 걸음 뒤로 물러난 내게 선생은 사실 병아리 이야기는 다른 사람이 쓴 글에 나온다고 했습니다. 어릴 적 벗이었던 그 사람은 마음이 참 따뜻하다고 했습니다. 사람의 마음이 그토록 따뜻할 수 있다는 것을 그 벗을 통해 알았다고 했습니다. 어린 나이에 당쟁으로 아버지를 잃었는데도 그토록 따뜻한 심성을 오래 유지할 수 있다는 사실을 그 벗을 보며 깨달았다고 했습니다. 그러면서 선생은 툇마루에서 몸을 일으켜 명륜당의 기둥을 어루만졌습니다. 기둥을 아이의 머리 쓰다듬듯 부드럽게 매만지며 내게 명령을 내렸습니다. 해가 지면 선생의 집으로 오라고 했습니다. 낡은 《맹자》는 잊지 말고 꼭 들고 오라고 했습니다. 준엄한 명령을 마친 젊은 선생은 뒷짐을 지고 천천히 걸어갔습니다. 선생의 무심한 그림자는 그날따라 참 길어 보였습니다.

## 아름다운 옛이야기와 한 편의 시

달빛 어두운 밤이면 내 어여쁜 그이는 강변의 갈대밭을 거닐며 내게 옛이야기를 들려주었습니다. 시대와 근원을 도통 헤아릴 수 없는 이야기들은 그러나 하나 같이 아름다웠습니다.

한 이야기에서 소년은 서당을 다녀오다 말에 탄 소녀를 만납니다. 소녀는 말에서 내리더니 불쑥 소년의 손을 잡고는 소년의 이름을 말합니다. 고작 자기 이름을 들었을 뿐인데 가슴이 덜컥 내려앉았습니다. 부끄럽기도 하고 놀라기도 한 소년은 살짝 손을 빼고는 어떻게 자신의 이름을 아는지 묻습니다. 소녀는 전에 한 번 잔칫날 스쳐가듯 보았기 때문이라고 말합니다. 소녀의 그 말은 소년의 가슴을 흔들어버립니다.

둘은 매일 같이 만납니다. 그러나 소년의 머릿속이 온통 소녀의 얼굴로 가득 차 있던 그즈음 어느 날 소녀는 돌연 이별을 입에 담습니다. 소년이 과거에 급제하는 그날까지 다시는 얼굴도 보지 않겠다고 말합니다. 그 한시적인 이별 선언을 소년이 받아들이지 않을 도리가 없습니다. 그러지 않곤 둘에게 미래가 없다는 사실을 소년 또한 잘 알고 있기 때문입니다. 일 년, 이 년, 삼 년, 사 년, 오 년이 흐른 뒤 소년은 마침내 과거에 급제합니다. 삼일유가가 끝나기 전 소년과 소녀는 다시 만납니다. 소년은 소녀의 손을 붙잡고 청혼을 합니다. 오 년 사이 수줍은 여인이 된 소녀는 그러나 이내 다시 손을 내밉니다. 부끄러움보다는 영원히 함께 살 수 있다는 기쁨이 몇 배는 더 크기 때문일 것입니다.

또 다른 이야기에서 소년은 돌탑 앞에 서서 소녀를 기다립니다. 오기로 약속했던 소녀는 웬일인지 좀처럼 모습을 드러내지 않습니다. 소년은 계속 기다립니다. 돌탑 주위만 뱅글뱅글 돌며 소녀를 기다리고 또 기다립니다. 그러다가 소년은 쓰러져 잠이 듭니다. 잠든 사이 소녀가 우연 혹은 필연이 주문처럼 새겨진 외투를 입고 나타납니다. 소녀는 소년을 물끄러미 바라보다가 소년의 가슴에 오래된 반지 하나를 올려놓습니다. 소녀는 금방 사라지고, 익숙한 느낌에 눈을 뜬 소년은 반지를 발견합니다. 자신이 주었던 그 오래된 반지를 다시 보게 된 소년은 가슴을 쥐고 울부짖습니다. 그 슬픔이 너무 크고 뜨거워서 소년의 가슴에는 불이 확 타오릅니다. 그 화력 좋은 불은 소년을 태우고 돌탑을 태웁니다. 멀리서 그 광경을 보던 소녀는 긴 눈물을 흘립니다. 소녀의 주위는 강으로 변합니다. 그러나 깊은 강이 아니고 아직은 얕은 강입니다. 소녀는 강물이 더 깊어지기 전에 강을 건너 집으로 돌아갑니다. 소녀가 돌아간 뒤 강물은 점점 깊어져 벌판을 덮고 돌탑까지 이릅니다. 영원히 탈 것 같던 뜨거운 불을 끈 것은 바로 그 차가운 강물입니다.

또 다른 이야기에서 소녀는 이웃집 소년의 글 읽는 목소리를 듣습니다. 낭랑한 목소리에 마음을 빼앗긴 소녀는 담장을 넘어 문틈으로 소년을 봅니다. 한참을 훔쳐보다가 더 참지 못하고 문을 엽니다. 소녀는 소년 옆에 무릎 꿇고 앉아 함께 살았으면 좋겠다고 말합니다. 매일 밤 소년이 글 읽는 목소리를 들으며 잠들었으면 좋겠다고 수줍게 말합니다.

소년은 아무 말도 하지 않습니다. 소녀가 부끄러움을 더 견디기 어려워 일어나려는 순간 소년이 말합니다. 하루만 기다려 달라고, 이틀이나 사흘이 아닌 단 하루만 기다려 달라고 소년은 차갑고 단호하게 말합니다. 소년의 목소리에는 억양이 없었지만 그래도 소녀는 소년을 믿습니다. 글 읽는 사람은 감정을 잘 다스리는 사람이라고, 글 읽는 사람은 거짓말을 하지 않는 사람이라고 배웠기 때문입니다. 그래서 문을 열고 담장을 넘어 집으로 돌아갑니다. 고양이처럼 짧은 잠을 잔 소녀는 깨어나자마자 담장 앞으로 가 고개를 내밉니다. 약속한 시간이 되려면 아직 멀었지만 영원과도 같을 그 시간을 홀로 보내기가 참으로 힘들기 때문입니다.

소년의 방문은 손님을 기다리듯 활짝 열려 있습니다. 그러나 정작 소년은 없습니다. 소년은 약속을 지키는 대신 야반도주를 택했습니다. 어쩌면 처음부터 그럴 작정이었는지도 모르겠습니다. 그래서 더 단호하고 차갑게 말했는지 모르겠습니다. 슬픔에 잠긴 소녀는 자기 방으로 돌아갔습니다. 자리에 누운 소녀는 다시는 일어나지 못했습니다. 소녀가 누웠던 자리엔 백골만 남았습니다. 눈물자국이 뼈마다 새겨진, 슬픔에 푹 젖은 백골만 남았습니다.

또 다른 이야기에서 소년은 여행지의 골목길에서 소녀를 만납니다. 소녀는 살짝 고개 들어 찰나보다 약간 길게 멈추었다간 다시 고개 숙이고 집으로 들어갑니다. 그 동작 때문이었을까요. 소녀를 잊을 수 없었던 소년은 밤이 되자 담을 넘어 소녀의 방으로 갑니다. 소년은 용맹한 겁쟁이였습니다. 담은 쉽게 넘었으면서도 소녀가 자신을 기억하지 못할까 봐 잔뜩 겁을 집어먹었습니다. 그건 기우였지요. 소녀는 소년을 기억했습니다. 기억했을 뿐만 아니라 소년과 같은 마음을 가졌습니다. 그러나 소녀는 단정한 여인입니다. 소녀는 소년이 자기 아버지에게 허락을 받기를 원합니다. 허락을 받고 둘이 정식으로 사귀기를 원합니다. 소년은 알겠다고 했습니다. 그러나 막상 소녀 아버지의 방으로 향하려니 발걸음이 떨어지지 않습니다. 소년은 자신의 초라한 행색을 봅니다. 솟을대문 집의 주인이 뭐라 할까 싶어 몹시도 두렵습니다. 그래서 자신의 초라한 여관방으로 돌아갑니다.
　다음 날 밤 소년은 용기를 냅니다. 그러나 솟을대문 앞에 서자 그 용기는 먼지처럼 사라집니다. 그래서 자신의 초라한 여관방으로 돌아갑니다. 다음 날 밤 소년은 용기를 냅니다. 그러나 솟을대문 앞에 서자 그 용기는 이슬처럼 작아집니다. 다음 날 밤 소년은 용기를 냅니다. 먼지나 이슬과는 비교도 되지 않는, 커다란 바위 같은 용기여서 솟을대문 앞에 서서 감히 문을 두드립니다. 문은 너무도 쉽게 열려 소년을 허탈하게 합니다. 주인 방으로 안내를 받은 소년, 용기백배한 소년은 주인에게 소녀와 사귀고 싶다고 말합니다. 주인은 허허 웃으며 말합니다. 오늘 낮에 소녀는 다른 남자의 집으로 갔다고 허허 웃으며 말합니다. 모든 일엔 때가 있는 법이라고 무엇이 그리 즐거운지 허허 웃으며 말합니다.

옛이야기도 아름답지만 사실 가장 아름다운 건 한 편의 시입니다. 그이는 비오는 날 초라하면서도 장엄하게 쏟아지는 폭포 앞에서 시 한 줄을 읊었습니다. 우리 님 그리우나 내 감히 말을 못 하네, 하는 짧은 시 한 줄을 나지막이 읊었습니다. 옛이야기들도 아름다웠지만 가장 아름다운 건 한 편의 시, 아니 단 한 줄뿐인 시였습니다.

소년은 지금도 비가 오는 날이면 가끔씩 그때의 폭포를 봅니다. 나지막하나 거센 물줄기를 뚫고 소년의 귓속으로 꽂힐 듯 빠르게 파고들던 그 한 줄의 시 혹은 일침을 아직도 가끔씩 듣습니다. 예전과 달라진 건 별로 없습니다. 상처 난 얼굴에 주름살이 늘었고, 귀가 조금 어두워졌으며, 그이가 더 이상 세상에 없다는 것 말고는 달라진 건 별로 없습니다.

## 하백의 선물

강물에서 하백을 만났습니다. 나는 늘 강의 신을 머리가 허옇게 센 인자한 노인으로 생각했습니다. 아니었습니다. 하백의 머리카락은 칠흑처럼 검었고, 얼굴은 장비보다 더 우락부락했습니다. 그래도 쭉 뻗어 내민 온통 붉은 손은 참 따뜻해 보였습니다. 하백의 군사가 되어 천년만년 물속에서 사는 것도 생각처럼 힘든 일은 아닐 것입니다. 운이 좋으면 하백 아내의 으뜸 시녀가 되었을 게 분명한 그이를 만날 수도 있을 테니까요.

하백의 거친 손가락에 잔뜩 불어 물렁하고 두툼해진 내 손가락이 닿은 순간 나는 용처럼 물 밖으로 솟구쳤습니다. 깜짝 놀라 눈을 떠 보니 세 사람이 내 몸을 붙잡고 끌어당깁니다. 몸집도 크지 않은 세 사람이 정신은 연약한 소년이되, 육신은 완연한 장부인 나를 붙잡고 놓아주지 않았습니다. 하백에게서 떼어 내기는 했지만 힘이 부족해 더 끌어내지도 못하고 그저 온 힘 다해 붙잡고 늘어지기만 하는 세 사람, 내 불쌍한 가족에게 힘을 쓰는 건 차마 못할 짓이었습니다. 그래서 나는 제 발로 강물을 걸어 나왔습니다.

강가에 주저앉은 세 사람과 나는 아무 말도 하지 않았습니다. 할 말이 없어서가 아니라 할 말이 차고 넘쳐서 아무 말도 하지 않았습니다. 세 사람 중 가장 어린 사람, 비율을 축소한 거울상처럼 나와 꼭 닮은 그 어린 사람이 갑자기 벌떡 일어나더니 반질반질한 몽돌 하나를 집어서 강으로 던졌습니다. 몽돌은 강물 속으로 쏙 가라앉았습니다. 어린 사람은 계속 몽돌을 집어서 던졌고, 몽돌은 계속 강물 속으로 사라졌습니다. 어린 사람이 하도 낙심하기에 나도 일어나 몽돌 하나를 던졌습니다. 납작한 몽돌은 가라앉지 않고 통, 통, 통, 통 튀었습니다. 어린 사람이 놀라기에 나는 몽돌 하나를 손에 쥐어 주고 함께 던졌습니다. 몽돌은 가라앉지 않고 통, 통 튀었습니다. 자신을 얻은 어린 사람이 던지고 또 던지자 계속 가라앉기만 하던 몽돌이 마침내 통, 통, 통, 통, 통 튀었습니다.

하백이 보낸 선물이 도착한 건 어린 사람이 너무 기뻐서 꼭 비명 같은 소리를 크게 질렀을 때였습니다. 강물 위로 무언가가 살짝 떠올랐습니다. 호기심 탓에 무작정 달려가려는 어린 사람의 손목을 가장 나이 많은 사람이 꽉 잡아 만류했습니다. 가장 나이 많은 사람은 서두르지 않고 산보하듯 천천히 강으로 들어갔습니다. 무심한 얼굴로 떠오른 것을 이리저리 살피던 그 사람은 그것을 끌고 물 밖으로 나왔습니다. 아, 그건 하백의 군사였습니다. 내 또래의 물에 잔뜩 불은 그 군사를 보고 세 사람은 어쩔 줄 몰라 하는데 한 사람은 그렇지 않았습니다. 낡은 치마를 입은 그 사람은, 보통 때엔 벌레도 무서워 소리를 지르던 그 사람은 커다랗고 울퉁불퉁한 돌멩이를 골라 들더니 군사의 얼굴을 향해 떨어뜨렸습니다. 얼굴 한 쪽이 떨어져 나간 그 군사를 보며 치마 입은 사람은 하백의 선물이라 했습니다. 가장 어린 사람은 울먹이며 내 뒤에 숨었고 나는 그저 장승처럼 버티고 섰을 뿐

아무 말도 아무 행동도 하지 못했습니다.

　가장 나이 많은 사람이 돌멩이를 가져왔습니다. 조금 전보다 두 배는 큰 그 험상궂게 생긴 돌멩이로 군사의 얼굴을 때렸습니다. 입으로는 미안하다, 죄송하다, 천벌을 받아도 싸다, 라고 말하면서 군사의 얼굴을 퍽퍽 소리가 나도록 계속 때렸습니다. 나는 쪼그리고 앉아 귀를 막고 눈을 감았습니다. 가장 나이 많은 사람이 내 몸을 흔들 때까지 귀를 막고 눈을 감았습니다. 내가 눈을 뜨고 귀에서 손을 떼자 나이 많은 사람은 내 이름을 불렀습니다. 내 이름을 부르고 또 부르더니 이제 내 이름은 죽었다고 했습니다. 나는 살았지만 내 이름은 죽었다고 했습니다. 나는 알겠다고 했습니다. 나이 많은 사람은 전날 어두운 산길을 달리다 넘어져서 생긴 내 왼쪽 뺨의 상처를 정성 들여 쓰다듬고는 이제, 가라고 했습니다. 다시는, 연락도 하지 말라고 했습니다. 어린 사람이 소리 내어 울었습니다. 무슨 뜻인지도 잘 모르면서 울음을 멈추지 않았습니다. 치마 입은 사람의 울음까지 들으면 견디지 못할 것 같아서 채찍을 얻어맞은 말처럼 확 앞으로 내달렸습니다. 고을을 고향으로 여겼을 세 사람이 한 번도 밟지 않았을 새로운 길을 단 한 번도 멈추지 않고, 뒤돌아보지 않고 계속 달렸습니다. 인륜과 도덕을 아는 그 참담했던 날 이후 나는 하백의 선물을 단 한 번도 잊은 적이 없습니다. 한 해의 마지막 날, 소반에 정갈한 음식 차려 놓고 술을 한 잔 올리며 정성스레 재배하는 까닭입니다.

## 우연의 일치

고백하건대 내 변장술은 완벽하지는 못했습니다. 훔친 나귀 한 마리와 낡은 의관이 전부였으니까요. 신인 배우처럼 어설픈 연기로 얼렁뚱땅 틈새를 봉합했지만 나를 의심하는 사람은 아무도 없었습니다. 이유는 간단합니다. 양반도 다 같은 양반은 아닌 세상이 되었기 때문입니다. 구십구 칸 고대광실도 좁아서 못 살겠다며 불평하는 양반이 있는 반면, 허물어지기 직전인 세 칸 집에도 지붕이라도 있으니 살 만하다며 감지덕지하는 양반이 있었으니까요. 이름만 양반이지 살림살이는 외거 노비보다도 훨씬 아랫길인 양반도 드물지 않았으니까요.

세상이 변한 건 양반에겐 고역이겠지만 내게는 천만다행이었습니다. 그래서 나는 아예 유람객을 자처했고, 자처한 이상 금강산 자락이라도 밟자며, 내금강 장안사에 도착한 뒤에도 기운이 남았거든 비로봉 정상까지는 아니더라도 오를 때까지 올라 보자며, 북으로, 또 북으로 향했습니다. 그러나 나는 금강산 근처에도 가지 못했습니다. 생각지도 못했던 곳에서 발목을 잡혔기 때문입니다. 지치고 안일해져 나도 모르게 진짜 유람객인 양 마음 푹 놓아 버린 상황에서 갑자기 정체를 들켰기 때문입니다.

엄 진사는 한눈에 보기에도 천생 양반이었습니다. 천생 양반인 엄 진사는 호기심도 참 많았습니다. 술병을 한 병 들고 아들과 함께 객

방에 들어와서는 여러 질문을 던졌습니다. 부계에 대한 질문이 가장 먼저 나온 건 당연했습니다. 많고 많은 성 중에 하필 엄 씨를 고른 내 선택이 처음으로 후회스러웠지만 어차피 내친걸음이었습니다. 나는 천진난만하게 얼굴을 꾸미고는 부계에 대한 소설을 썼습니다. 부, 조부, 증조부, 고조부의 일화를 만들어 들려주되 상대가 엄 씨인 만큼 의심을 사지 않도록 호칭과 이력 하나하나에 조심에 조심을 다했습니다.

모계를 묻는 질문은 부계보다는 쉬웠습니다. 어머니의 방계를 빌려오기만 하면 되었으니까요. 방계에 대해서는 들은 바도 적지 않았기에 혹시라도 구체적인 질문이 들어와도 망설이지 않고 곧바로 답을 할 수 있었으니까요. 그러나 엄 진사는 사실보다는 소설 쪽에 더 관심이 많았습니다. 내가 창작한 부의 나이와 용모, 활동 내용 등을 꼬치꼬치 캐묻더니 아무래도 자신이 아는 사람 같다고 하는 것이 아니겠습니까? 나는 아마도 아닐 거라고, 이름이 비슷한 다른 이와 착각하신 거라고 단호하게 말했습니다. 그 순간 내 대답은 진실했습니다. 세상에 존재하지도 않는 인물을, 발간되지도 않은 소설의 주인공을, 엄 진사가 도대체 어떻게 알겠습니까? 엄 진사의 질문은 끊이지 않았습니다. 엄 진사는 조부에 대해서도 캐물었고, 증조부와 고조부에 대해서도 집요하게 물었습니다.

신체 곳곳에서 위험 신호를 보내왔습니다. 머리카락이 쭈뼛대고 손이 떨리고 발이 저렸습니다. 옆구리 어딘가에서는 화장실에 간다는 어설픈 핑계라도 대고는 당장 방에서 빠져나가는 게 좋겠다는 구체적인 탈출 방법도 슬며시 머릿속에 집어 넣어 주었습니다. 이도 저도 아닌 애매한 답변으로 시간을 끌어가며 탈출할 시기만 엿보는데 밭은 기침을 계속하며 조용히 듣기만 하던 엄 진사의 아들이 크게 기침한 후 처음으로 입을 열었습니다.

"도망 노비네."

내 마음속에서는 한시도 떠나지 않았으나 다른 이의 입으로는 처음 듣는 그 말에 온몸이 단단하고 두꺼운 매얼음이 되었습니다. 이가 덜덜 떨렸고, 요의를 참기 어려웠고, 온갖 후회가 한꺼번에 몰려왔습니다. 동서남북 네 방향 중 하필 북쪽으로 길을 잡은 것하며, 수십 개의 명산 중 하필 금강산 갈 생각을 한 것하며, 수백 개의 현 중 하필 G현에서 유숙하기로 한 것하며, 하필 천생 양반인 엄 진사가 내가 머무를 곳의 주인인 것을 보고도 돌아서지 않고 머물기로 결심한 것 등 그간 저질렀던 온갖 잘못에 대한 후회가 두서없이 몰려와 내 몸을 스스로 포박했습니다.

엄 진사는 요란을 떨지 않았습니다. 천생 양반답게 그윽한 미소를 짓고는 내게 한 마디 했습니다.

"이것도 인연이니 떠나지 말고 계속 머무르게나."

나는 엄 진사의 말이 정확히 무슨 의미인지 알 수가 없었습니다. 객으로 머무르라는 것인지 노비로 머무르라는 것인지, 관아로 갈 각오를 하라는 것인지, 친절인지, 조롱인지, 협박인지 도무지 종잡을 수가 없었습니다. 그 대답은 이번에는 기침 대신 터져 나온 웃음을 참느라 입술까지 깨물고 있던 아들에게서 한참 후에야 들었지요.

"우리 아버지도 도망 노비 출신이거든. 그러니까 이제부터 넌 우리 가족이야."

## 연쇄 살인범

내 새로 얻은 동갑 형제 택주는 기이한 것에 관심이 많았습니다. 그중 으뜸은 천주였지요. 천주가 도대체 뭐냐고 묻는 내게 택주는 세상 만물을 창조하고 주재하는 자, 라고 답했습니다. 나는 생전 처음 듣는 기이한 소리에 뭐라 답해야 할지 몰라 눈만 껌뻑거렸습니다. 젊은 선생은 내게 형체 없는 태극이 음양오행을 낳고 음양오행이 세상 만물을 만들어 낸다고 했습니다. 그래서 나는 조심스럽게 태극이 천주냐고 물었습니다. 택주는 그렇지 않다고 했습니다. 태극보다는 상제(하느님)가 더 천주에 가깝다고 했습니다. 상제라면 나도 들은 바 있습니다. 처음에는 나 혼자 읽고, 나중에는 젊은 선생과 함께 읽은 《맹자》에 상제의 이름이 나옵니다. 하늘이 백성을 내리신 후 한 사람을 골라 군주를 삼고 스승을 삼음은 상제를 돕기 위함이다, 하고요. 그래서 나는 택주에게 그렇다면 세상 만물을 만들고 주재하는 건 상제라고 하면 되지 않느냐고 물었습니다. 우리 경전에서 부르는 호칭 말고 이름부터 괴이한 천주를 굳이 가져와 쓰는 이유는 도대체 뭐냐고 살짝 따지듯 물었습니다.

택주는 기침을 하느라 한동안 대답하지 못했습니다. 수건으로 입가에 묻은 피를 닦아 낸 택주는 내게 사람이 죽으면 어디로 가느냐고 물었습니다. 나는 혼과 백으로 갈라져서 하늘과 땅으로 사라진다고 조금은 자신 없이 대답했습니다. 그러곤 공자의 말을 빌려 삶도 모르는데 죽음을 도대체 어떻게 알겠느냐고 주장했습니다. 택주는 그렇지 않다고 했습니다. 공자가 훌륭한 사람인 건 분명하지만 그이는 죽음이 뭔지 정말로 몰랐던 거라고 했습니다. 택주는 백이 사라지는 건 맞지만 혼은 하늘로 올라가 천당에서 영원히 살게 되는 거라고 했습니다. 상제에겐 천당이 없지만 천주에겐 천당이 있으니 상제가 아닌 천주를 믿는 거라고 했습니다. 나는 그러면 천당에 가기 위해 천주를 믿는 거냐고 물었습니다. 택주는 꼭 그런 것은 아니지만 결과적으로는 그런 셈이라고 모호하게 살짝 머뭇거리면서 대답했습니다. 모호함과 머뭇거림에서 힘을 얻은 나는 그건 욕심쟁이의 심보에 지나지 않는다고 했습니다. 우리가 살아가는 이 세상을 외면하고 죽어서 천당갈 생각이나 하는 것은 사람의 도리가 아니라고 일부러 강하게 말했습니다.

택주는 기침하느라 한동안 대답하지 못했습니다. 입가에 묻은 피를 한참 훔쳐 낸 택주는 이 세상엔 희망이 전혀 없다고 했습니다. 백성은 나의 동포라는 경전의 말은 공허한 선언에 지나지 않는다고 했습니다. 양반이라는 자들이 제 이익에만 눈이 멀어 날뛰는 이 세상에서는, 양반이 백성을 개처럼 부리고 말처럼 채찍질하고 그것도 모자라 대대로 노비로 삼고 부리는 이 세상에서는, 기고 나는 재주를 갖고 태어나도 양반이 아니면 결코 그 재주를 써먹을 수도 없는 이 세상에서는, 도리를 지키며 살아간다는 것 자체가 무의미하다고 한탄하듯 말했습니다. 아니라고 말하고 싶었습니다. 그건 지나친 생각이라고 말하고 싶었습니다. 공자와 맹자는 절대로 그렇게 말하지 않았다고 목소리를 높이고 싶었습니다.

나는 그러지 못했습니다. 내 주장에 나 스스로도 확신을 가질 수 없었기 때문입니다. 아니 그보다는 잘 버티고 있던 택주가 쓰러져 기절했기 때문입니다. 쓰러진 택주는 그 뒤로 다시는 나와 길게 대화를 나눌 만한 상태로 회복되지 못했기 때문입니다.

그래서 나는 이제 연쇄 살인범에 대해 말하려 합니다. 천주는 연쇄 살인범입니다. 그이를 빼앗아 간 천주는 택주마저 데려갔습니다. 택주가 죽은 날, 나는 엉엉 소리 내어 울었습니다. 그이가 죽었을 때도, 가족과 헤어졌을 때도 나는 울지 않았습니다. 하지만 새로 얻은 형제 택주가 죽었을 때 나는 울었습니다. 택주가 믿던 천주를 욕하며 울고 또 울었습니다.

나를 진정시킨 건 엄 진사였습니다. 엄 진사는 내게 택주는 죽었지만 죽은 게 아니라고 했습니다. 택주의 육체는 죽었지만 택주의 혼과 이름은 죽지 않았다고 했습니다. 엄 진사는 내게 택주의 이름을 주겠다고 했습니다. 택주를 형제처럼 아꼈다면 택주의 이름 또한 아껴 달라고 했습니다. 할 말을 다한 엄 진사는 내게 가라고 했습니다. 연락할 생각은 하지도 말라고 했습니다. 엄 진사는 잠깐만요, 하는 내 말은 듣지도 않고 도포 소리 요란하게 몸을 휙 돌려 내게서 떠나갔습니다. 나는 엄 진사의 뒤를 바람만바람만 좇아갔습니다. 하지만 굽이를 돌았을 때 엄 진사는 더 이상 보이지 않았습니다. 귀신처럼, 도인처럼 내 눈앞에서 완벽하게 사라졌습니다.

그렇게 해서 나는 또 다시 가족을 잃고 혼자가 되었습니다. 어찌할 바를 몰랐던 나는 그 자리에 무릎 꿇고 앉았습니다. 처음이자 마지막으로 천주에게 고백했습니다. 나도 당신처럼 연쇄 살인범입니다. 그이를 죽게 했고, 택주를 죽게 했고, 가족이란 가족은 다 사라지게 만들었으니 나도 당신과 똑같은 연쇄 살인범입니다.

## 말 없는 대화

젊은 선생은 말이 없었습니다. 다시 써야겠습니다. 선생은 더 이상 젊지 않았습니다. 선생은 말이 없었던 게 아니라 말을 할 수 없었습니다. 괜찮았습니다. 선생은 내게 늘 젊은 선생이었고, 어차피 선생은 전에도 말수 많은 사람은 아니었으니까요. 말할 수 없는 선생에게 무슨 말을 할까 하다가 말 이야기를 꺼냈습니다. 입으로 내뱉는 말이 아니라 달리는 말 이야기를 꺼냈습니다.

내 동생과 마주친 그날을 당신은 기억하실 것입니다. 그건 우연이었지요. 내 동생은 용무가 있어 그곳에 간 것이지, 당신을 만나기 위해 일부러 찾아간 것이 아니었으니까요. 당신을 한눈에 알아보고 휙 뒤돌아서서 침 뱉는 내 우악하나 실은 여린 동생에게 당신은 사죄부터 했다지요. 다 당신의 잘못이었다며 밑도 끝도 없는 사죄부터 했다지요. 동생은 말뿐인 사죄로 죽은 이들을 살릴 수는 없는 법이라고 모면차게 답했다지요. 이어진 당신의 묵묵부답에 동생은 그야말로 엉뚱한 요구, 정말로 사죄하려면 실한 말 두 마리를 골라서 달라는 요구를 했다지요. 정직한 당신에게, 청백리를 이상으로 여기던 당신에게, 그보다 들어주기 어려운 요구는 없었을 겁니다.

어쨌든 당신은 말을 내주었습니다. 관료 생활을 통틀어 유일했을 비리를 그리도 쉽게 저지른 까닭을 나는 짐작합니다. 말 두 마리로 마음의 죄를 씻어 내는 건 나쁘지 않은 거래였으니까요. 죄도 씻어 낼 뿐더러 물질적 보상을 요구한 동생을 오히려 나쁜 놈으로 여길 수 있으니 일석이조였으니까요. 그래요, 동생은 나쁜 놈입니다. 당신에게서 받은 말 두 마리를 말 장수에게 팔아 버렸으니까요. 좋은 말이었던 까닭에 제법 많은 돈을 챙겼으니까요. 그 많은 돈으로 술을 사고 음식을 사고 무당을 불러 비류천에 빠져 죽은 원혼을 달래는 굿을 크게 치렀으니까요. 가족들이 몇 달은 먹고 살 수 있었던 돈을 그토록 어처구니없게 다 날려 버렸으니 동생은 정말 나쁜 놈입니다.

당신은 몰랐을 후일담을 들려준 나는 당신에게 속으로 이렇게 물었습니다. '측은지심은 정말로 타고나는 것입니까? 백성은 정말 나의 동

포입니까? 이 두 가지 질문을 하는 나에게 당신은 도대체 뭐라 답을 할 것인가요?'

젊은 선생은 말이 없었습니다. 그래서 나는 울었습니다. 우는 나를 보고 젊은 선생의 아들도 함께 울었습니다. 말을 하지 않아도 서로의 속을 잘 아는 우리 둘은 젊고 어렸을 때 울지 못한 울음을 수십 년 뒤에야 비로소 알뜰살뜰히 챙겨서 한참을 울었습니다.

# 올빼미와 한 편의 이야기와
# 몇 편의 시와 귓속말

눈물 나게 좋은 건 오래 가기 힘든 법이라지요. 맞습니다. 선생은 나를 오래 가르치지 못했습니다. 나는 그 이유를 대낮에 홀연히 나타난 올빼미 때문이라고 하겠습니다.

그날, 그때를 나는 확실히 기억합니다. 해가 환히 떴는데 밤의 주인인 올빼미가 숲에 출몰했습니다. 그 기이한 올빼미는 내 가슴팍을 노리고 달려들었습니다. 아, 변괴도 그보다 더한 변괴는 없었습니다. 함께 걷던 선생이 아니었다면 아마도 나는 큰 변을 당했을 것입니다. 선생이 손을 휘젓고 소리를 지르자 올빼미는 말귀를 알아듣는 듯 선생을 흘깃 본 후 날아갔습니다. 어찌나 높이, 빨리 날아갔는지 넘어졌던 내가 다시 일어섰을 때는 이미 그 끔찍한 모습이 점으로도 보이지 않을 정도였지요.

놀란 가슴 진정시키고는 선생에게 꾸벅 절을 했습니다. 밤낮으로 좋은 말을 들려주는 것도 모자라 내 구차한 몸까지 구해 준 선생에게 진심으로 감사의 절을 했습니다. 다른 때의 선생이었다면 씩 웃고 수염을 한 번 쓰다듬었을 것입니다. 그날의 선생은 달랐습니다. 선생은 웃음기 하나 없는 얼굴로 올빼미가 사라진 푸른 하늘을 보며 아마도 때가 되었나 보다, 하고 중얼거렸습니다. 내가 조심스러운 목소리로 무슨 말씀을 하는 것인지를 묻자 선생은 이렇게 대답했습니다.

"올빼미는 불을 몰고 오는 존재란다."

올빼미가 흉조인 사실은 알았으나 불을 몰고 온다는 말은 처음 들었기에 가만히 있었습니다. 선생은 올빼미가 일으킨 불의 사례를 몇 가지 들려주었습니다.

산길을 걷다가 올빼미를 본 어떤 선비는 몇 걸음 지나지 않아 커다란 산불을 목격했으며, 장지로 가던 중 올빼미를 본 어떤 상주는 묏자리가 활활 타오르는 끔찍한 광경을 목격했으며, 부엌 대들보 위에 앉은 올빼미를 본 어떤 여인은 깜짝 놀라 뛰쳐나왔다가 안방이 이미 재로 변해 버린 걸 보고 그 자리에 주저앉았다는 이야기들이었습니다. 신기하고 무서운 이야기들이었으나 조금은 이상한 이야기들이기도 했습니다.

내가 아는 선생은 길흉화복을 말하지 않는 사람이었습니다. 까치를 보고도 반가워하지 않았고, 낮에 뜬 금성이나 쌍무지개도 두려워하지 않았습니다. 양반들이 심심풀이로 하는 주역점도 치지 않았으니 인적 드문 외딴 집에 살면서도 부적 한 장 붙이지 않은 것은 당연했습니다. 그런 선생이 올빼미를 보고는 불을 몰고 오는 존재라는 말을 한 것입니다. 선생은 왜놈들이 서울로 쳐들어 왔을 때에도 올빼미가 나타났다고 말했습니다. 그러자 임금이 백성을 버리고 도망간 서울에서 저절로 불이 났다고 말했습니다. 노비 문서가 보관된 장예원에서 가장 먼저 불이 난 뒤 궁궐에도 큰 불이 났다고 말한 선생은 올빼미 부리가 닿으려다 만 내 가슴을 손가락으로 쑥 누르며 말했습니다.

"이제 곧 네 가슴에서부터 불이 시작될 것이다. 당장은 그 불을 꺼야하겠지만 나중에 그 불이 저절로 다시 붙을 땐 절대 꺼서는 안 될 것이다."

그 말을 들은 이후 선생과 나의 일상은 달라졌습니다. 선생은 내게 한 편의 이야기와 짧은 시 몇 편을 가르쳐 주었습니다. 첫날엔 이야기 한 편, 둘째 날부터는 하루에 시 한 편만을 가르쳐 주고는 나가서 손님을 맞으라고 했습니다. 언제 손님이 올지 모르니 고을로 들어오는 길에 가만히 서서 기다리고 있으라 했습니다. 그래서 나는 선생이 시키는 대로 했습니다. 고을로 들어오는 길에 서서 오가는 이들을 노려보거나 길 주변을 천천히 돌면서 낯선 사람이 오기만을 기다렸습니다. 그냥 기다리기가 심심하고 지루해서 선생이 들려준 이야기와 시를 되새기고 또 되새겼습니다.

한 편의 이야기는 이렇습니다.

험한 산에서 자라는 나무들을 함부로 베지 마라. 그 나무들은 억울하게 죽은 원혼들이다. 어려서 나는 그 원혼들이 내는 소리를 들었다. 나무하러 도끼를 휘두르려는 내게 원혼들은 간절한 목소리로 부탁을 했다.

베지 마시게.

자네가 베면 우리는 또 다른 나무로 옮겨 가야 한다네.

부디 우리를 죽은 뒤에라도 편히 쉴 수 있게 해 주게.


선생이 들려준 첫 번째 시는 이렇습니다.


박달나무 베고 또 베어

황하 강변에 놓으니

강물은 맑게 물결치네.

씨 뿌리지도, 거두지도 않는데

저 인간은 어떻게 저리도 많은 곡식을 갖고 있는 걸까?

짐승 사냥은 하지도 않는데

어째서 저 인간의 마당엔 담비가 잔뜩 걸려 있는 걸까?

진실한 군자여!

일하지 않았으면 먹지도 말아야 하는 법이라네.

두 번째 시는 이렇습니다.

죄지은 자들은
허물을 숨기고
죄 없는 사람들은
벌을 받네.


세 번째 시는 이렇습니다.

먹고살 길이 없으니
근심, 또 근심한다.
죄 없는 백성은
잡혀가 종이 되네.
슬프도다! 이 백성은
어디 가서 뭘 먹고 살아야 하나?
부잣집에 내려앉는다는 저 까마귀는
도대체 어느 집에 앉아야 하나?


네 번째 시는 이렇습니다.

귀한 사람 없으면
천해도 슬프지가 않네.
부자가 없으면
가난해도 만족하며 산다네.


다섯 번째 시는 이렇습니다.


저 뜨거운 해
언제 없어질까?
못된 임금
나라
세상
다 같이 확
망해 버렸으면 좋겠네.


내 가슴으로 올빼미가 벼락같이 달려들고 엿새가 지난 뒤, 그러니까 내가 선생에게 한 편의 이야기와 다섯 편의 시를 배운 뒤 마침내 선생이 예언했던 손님이 찾아왔습니다. 나는 그 손님이 무작정 싫었습니다. 이목구비가 다 잘생겼고 표정 하나 손짓 하나까지 천생 양반인 손님이 무작정 싫어서 모른 체하려 했습니다. 그러나 나를 알아본 건 바로 손님이었습니다. 나는 속으로는 쌍욕을 퍼부었으나 정해진 운명에 굴복하지 않을 도리는 없었습니다. 그래서 내심 크게 절망했으면서도, 크게 화가 났으면서도 겉으로는 싫은 티 하나 내지 않고 손님을 선생의 거처로 데려갔습니다.

아, 선생은 손님을 보고도 무심했습니다. 매일 밤낮으로 손님을 기다렸으면서도, 때론 초조한 모습을 보였으면서도, 때론 한숨 쉬고 거친 손으로 눈가도 닦았으면서, 담담한 얼굴로 그저 고개만 까딱했을 뿐이었습니다. 그 짧고 간단한 고갯짓이 참으로 위엄이 있어 나는 깜짝 놀랐습니다. 인사하고 물러났다가 아무래도 뭔가 부족하고 아쉬운 느낌이 유독 들어 다시 인사하는 나를 선생이 불렀습니다. 선생은 내게 귓속말을 했습니다.

"굶주림과 추위, 수고로움과 곤궁함, 노여움과 부러움을 참아야 한다. 하늘과 양심에 부끄럽지 않게 살아야 한다."

내가 말뜻을 이해하기도 전에 선생은 다른 말을 속삭였고, 그 말뜻을 새기기도 전에 또 다른 말, 그러니까 선생의 본뜻이 담긴 말을 속삭였습니다.

"가라, 다시는 연락도 하지 마라."

나는 그런 말 들은 티는 내지도 않고 선생에게 허리 깊이 숙여 인사를 드렸습니다. 돌아서 나오는데 선생의 눈길이 느껴졌습니다. 등판이 불에 댄 듯 따가웠지만 꾹 참고 돌아보지 않았습니다. 집을 나와 몇 걸음 걸은 후엔 달렸습니다. 선생이 말한 대로 가슴 속에 확 타오른 불길을 나중은 몰라도 우선은 끄기 위해 달리고, 또 달렸습니다.

다시 말하겠습니다. 선생은 나를 오래 가르치지 못했습니다. 그건 바로 대낮에 홀연히 나타난 올빼미 한 마리 때문이었다고, 다른 그 무엇도 아닌 괴이한 올빼미 한 마리 때문이었다고, 나는 굳게 믿기로 했습니다.

# 일의 밑바닥에 흐르는 이치

　이성의 예견은 여지없이 적중했습니다. 홍문관 부교리이면서도 부교리가 아니었던, 비공식적인 근신 처분을 받았으나 실제적 의미로는 유배나 퇴출 쪽에 더 가까웠던 한정효의 불안하고도 어정쩡한 상황은 생각보다 빠르게 제자리를 잡았습니다. 한정효는 두 달 보름 만에 새 자리를 얻었지요. 정육품 사간원 정언에 새로 임명된 것입니다. 경연 참여 및 간쟁 그리고 비리 관료 탄핵이 주된 업무였고, 덤으로 당하관들에 대한 인사권도 알뜰살뜰하게 행사할 수 있었으니 청요직 중의 청요직이었습니다.

　그러나 성공적인 이직이라는 아침 햇살처럼 밝고 따뜻한 소식의 이면에는 한바탕 지독한 폭우를 예고하는 묵직한 먹장구름도 든든히 자리하고 있었다는 점을 당신에게 지적하고 싶습니다. 오랜 벗이자 동방(같은 때에 과거를 급제하여 합격자 명단에 함께 적히는 일)인 이성도 함께 자리를 옮겼기 때문입니다. 정오품 사간원 헌납 자리였지요. 이로써 이성은 이번에도 동방이면서 직속상관이자 오랜 벗이라는 공사 간 이중 삼중으로 복잡하게 얽힌 역할의 중심에 서게 되었습니다. 계속되는 토끼와 거북이 싸움의 구도(모르긴 몰라도 이솝 우화 식의 교훈적인 미담으로 끝나지 않을 것은 분명합니다)에 우리의 영광스러운 장원 급제자 출신인 한정효가 실력과 권력이 균형을 이루지 못하는 몹쓸 세상에 대해 혀를 쯧쯧 차고 고개를 저으며 약간이나마 불만을 드러냈으리라고 지레짐작하지는 마시길.

치밀하고 깐깐한 성품, 반짝반짝 빛나는 추리력과 허를 찌르는 과감한 행동 등에서 보이듯 한정효는 불만으로 입이 튀어 나올 지경이라도 대놓고 털어 넣을 용기가 없어 낮 동안 가슴 깊은 곳에 담아 두고 혼자 끙끙 앓다가 다들 잠이 든 깊은 밤이 되어서야 자기 방 안에서 그 불만을 확 꺼내어 허공에 던지고 삿대질을 하며 화를 푸는 소인배와는 거리가 먼 사람이었습니다. 어떤 상황에서도 감정에 치우치는 일 없이 냉철하게 판단해 받아들일 것은 받아들이고, 자신에게 주어진 힘과 권위 안에서 해결 가능한 일을 찾아가는, 유연하고 실용적인 관료의 전형이 바로 한정효였다, 이 말입니다. 이성이 오랜 벗 한정효를 파트너처럼 애지중지하여 자기 가는 곳마다 애완견처럼 데리고 다니는 것도 따지고 보면 그래서일 것이고요. 꽤 떠들썩했던 이직 기념 파티를 마친 이성이 이차 삼차 모시겠다며 손을 내미는 부유하고 권력 가진 이들 마다하고 한정효 한 명만 자신의 집으로 끌고 온 것도 따지고 보면 그래서일 것이고요.

이성의 방 안에 들어선 한정효는 자기도 모르게 어, 하는 의성어로 그로서는 드물게 의아한 마음을 직접적으로 꺼내서 보입니다. 예의 그 화려한 통영반이 전날처럼 굳건히 방 한 가운데 자리 잡은 건 특별한 바가 못 되었습니다. 그러나 소반 위에 놓인 음식은 개다리소반에나 어울릴 씀바귀나물 한 가지뿐이었습니다. 이성은 한정효의 굳은 어깨를 살짝 주무르며 말합니다.

"산해진미에 피곤해진 입맛을 되살리는 데에는 씀바귀나물이 최고라네."

씀바귀나물이라고 다 같은 씀바귀나물은 아니었습니다. 한승효는 된장에 무친 씀바귀나물을 내놓았습니다. 투박하고 직설적인 쓴맛이 났습니다. 이성은 식초와 소금과 간장 그리고 한정효로서는 도무지 정체를 알아낼 수 없는 액을 섞어 무친 씀바귀나물을 숙주, 미나리와 잘 버무려 내놓았습니다. 정갈하면서도 다섯 가지 맛을 모두 자극하는 깊이 있는 맛이 났습니다. 형과 벗의 씀바귀나물을 모두 맛보았으니 비록 미식가는 아닐지라도 예의 삼아 한 마디 내놓지 않을 도리는 없습니다.

"같은 씀바귀나물로 이렇게 다른 맛을 낼 수 있다니 놀랍군."

핵심을 잘 짚어 낸 날카로운 품평처럼 들리기는 하나 실은 둘 중 어느 쪽에도 확실하게 손을 들어준 것은 아닌, 딱 한정효 같은 발언을 들은 이성은 뭐라 했을까요? 이성은 뜻밖에도 간단히 자신의 패

배를 인정했습니다.

"자네 형의 기호품이 바로 씀바귀나물이라지? 하여간 어리석음으로는 자네 형을 당해 낼 방법이 없네. 난 데치지도 않은 씀바귀나물을 인상 한 번 찌푸리지 않고 맛나게 먹을 정도로 대단한 위인은 못된다는 뜻일세."

"내치지 않고 먹는다는 사실이 중요하지."

"그런가?"

"다른 이들은 쳐다보지도 않은 음식을 어떻게든 자네 식으로 만들어 먹는다는 그 사실이 중요한 것일세."

"그 말은 칭찬으로 받아들이지. 칭찬의 대가는 아니지만 어쨌듯 자네에게는 특별히 비밀 하나를 공개하겠네. 한 이삼 년 후엔 씀바귀나물을 좋아하는 자네의 어리석은 형을 요직에 임명할 생각이네. 점잖은 사람처럼 보이나 실은 무시무시한 싸움꾼인 자네 형에게 딱 맞는 자리를 신중하게 골라 앉힐 것일세."

무심한 표정을 유지했던 한정효도 이 대목에서는 자기도 모르게 이맛살을 움찔하고 맙니다. 이성은 마치 자신이 인사를 좌지우지하는 실세인 정승이나 판서라도 되는 양 말하고 있습니다. 이제 갓 사간원 헌납이 된 이가 할 말은 아니지요. 그러나 짐작하다시피 한정효는 그런 시험에 덜컥 걸려들어, 그게 뭔 말도 되지 않는 소리냐며 눈에 불을 켜고 달려드는 초짜와는 거리가 멀어도 한참 멉니다. 한정효는 가만히 있으라는 명령을 온몸에 내린 후 아무 말도 못 들은 귀머

185

거리처럼 손가락으로 볼을 한 번 세게 긁고 씀바귀나물만 잔뜩 집어 입에 넣습니다. 이성 또한 시치미 뚝 떼고 씀바귀나물로 화답하면서 살짝 화제를 돌립니다.

"이제 자네의 그 길고 즐거웠던 유람 이야기나 좀 해 보게."

한정효가 중북부 지방 H현에서도 최북단 고을인 I촌을 방문했음은 이미 앞에서 지루할 정도로 길게 적은 바 있습니다. H현에 도달하게 된 제법 복잡한 사정도 지극히 사소해 말할 가치도 없는 몇몇 일화를 제외하고는 대부분 밝혔으니 여기에서 더 언급할 내용은 없습니다. 그렇다고 해서 한정효가 오랜 벗인 동시에 직속상관인 이성에게 우리가 이미 알고 있는 이야기 전부를 빠짐없이 털어놓았다고 단언할 수는 없습니다. 신임 사간원 헌납 이성이 원하는 건 명료하게 정리된 최종본이지 정보를 얻게 된 과정까지 시시콜콜하게 기록된 오자 투성이 초고가 아니었기 때문이지요.

또 한 가지, 한정효 스스로도 아직 결론을 내리지 못한 사항이 있었기에 그 부분은 자연스레 보고에서 제외되었고요. 그래서 한정효는 자신이 전할 이야기의 범주를 먼저 설정한 후 자신이 겪은 일들과 그때그때 했던 판단들을 사건 보고서 쓰듯 간명하게 요약해서 전하는 방법을 씁니다. 한정효의 이야기로 쓴 보고서를 가감 없이 소개한다면 한정효가 어떤 부분을 공개했고, 어떤 부분을 숨겼으며, 꽤 길었던 여정과 결국은 효율적이었던 정보 습득 방법을 어떤 식으로 정리 요약해 소개했는지 하는 일들이 불을 보듯 뻔하겠지만, 그랬다간 상당한 수준의 동어 반복을 피하기가 어렵기에 여기서는 그저 한정효의 보고서 중 마지막 몇 문장만 소개하고 다음으로 넘어가고자 합니다.

"…… I촌까지 갔지만 엄택주를 만나지는 못했네. 허름한 거처는 있었으나 주인은 없었지. 출타 중이라는 어린 종놈의 말에 혹시나 싶어 이틀 정도 기다려 봤네만 나타나지 않더군. 아무래도 눈치를 채고 도망간 것 같아. 다 내가 부주의한 탓이었지. 흥미로운 사건의 결론 치곤 좀 허망한 느낌도 없지 않아 괜히 미안해지는군. 이상이 처음은 그럴듯했으나 결국은 지지부진했던 유람의 전말일세."

이성은 고개를 끄덕입니다. 아녀자들이 즐겨 읽는 소설에나 나올 법한 꽤 흥미로운 이야기였으니, 따지고 보면 소설이란 원래 그런 것이니 허망한 결론에 대해 미안해 할 필요는 없다고 말합니다. 공무로 행한 일도 아니었으므로 실수에 대해 자책할 필요는 하나도 없다고 말합니다. 이성은 자세를 고쳐 앉은 후 한정효의 손을 잡으며 사실은 자신도 사과해야 할 게 한 가지 있다고 말합니다. 한정효는 불알친구끼리 사과는 무슨 사과냐며 웃으며 대꾸합니다. 이성은 아무리 가까운 친구 사이일지라도 잘못했으면 사과부터 해야 하는 법이라고 말합니다. 그렇게 하고 싶으면 해 보는 것도 정신 건강에 나쁘지는 않겠다고 말하자 이성은 주저하지도 않고 곧바로 고해성사를 합니다.

"자네의 상소에 문제를 제기했던 사람은 바로 나일세."

냉철한 한정효도 그 말을 들은 순간엔 도대체 왜, 라는 말을 내뱉을 뻔했습니다. 한정효는 입 밖으로 튀어나오려는 혀를 본능적인 순발력으로 재빨리 입 안에 가둬 놓은 뒤 이성을 봅니다. 이성은 젓가락으로 씀바귀나물을 집었다 놓고는 당의 앞날을 위해 누군가의 피가 필요했다고 말합니다. 짧은 고백 후 다시 씀바귀나물을 집어 입에 넣는 이성을 보며 한정효는 머릿속에 떠올랐던 여러 문장 중 가장 정제된 문장을 골라 내놓습니다.

"그럴 만한 이유가 있었으니 그랬겠지. 당과 자네에게 도움이 되었다면 그걸로 만족하네."

이성은 흐뭇한 미소를 짓고는 한정효의 손등을 탁탁 두드립니다. 그러고는 마치 선심 쓰듯 오랜 벗을 희생양으로 활용해야만 했던 우습고 비장한 사연을 눈썹 하나 떨지 않고 상세히 들려줍니다. 지저분한 당파 간 싸움이야 선진 대한민국에 사는 우리 또한 하루가 멀다 하고 지겹게 목도하는 바이니, 게다가 이성은 정치 지능은 최고일지 몰라도 언어의 효율성과 완벽한 문장의 추구라는 측면에서는 한정효가 이룬 성취의 절반에도 이르지 못했으니 여기서는 그의 말 중 구십 퍼센트에 이르는 허섭스레기는 다 제외하고 남은 십 퍼센트 중에서도 골자만 골라 짧게 요약해 전달하는 방법을 택하기로 합니다.

앞에서 잠시 언급했다시피 이성과 이조좌랑은 노론 청명당의 차기 당수 자리를 놓고 암투 중이었지요. 두 사람의 나이는 같았지만 지향하는 바는 전혀 달랐습니다. 이조좌랑은 탕평책을 장기로 쓰는 임금에게 타협적인 현 지도부의 노선을 충실하게 따랐으나 이성은 청명당 특유의 근본주의적 의리를 내세운 강경한 대응을 선호했습니다(이성의 작은아버지가 당수라는 점을 고려해 보면 정치에는 피도 눈물도 없다는 사실을 우리는 자연스럽게 떠올리지 않을 수 없습니다. 도대체 정치가 뭐기에 그 지랄들인가, 하는 의문 또한 평범한 우리로서는 품지 않을 수 없습니다). 이조좌랑은 고위 관료들의 지지를 받았고, 이성은 혈기 넘치는 젊은 관료들 그리고 임금의 정책에 반대해 아예 관직을 거부하고 재야로 나앉은 정통 청명당 가문의 지지를 받았습니다. 한정효가 상소를 올렸을 즈음 이조좌랑과 이성의 세는 육 대 사 정도였지요. 남인과 소론 출신 관료의 수가 점차 늘고 있는 것에 대한 반발이 일어나던 시기라 이성의 세가 점점 늘어나던 추세이기는 해도 아직 온건파 지도부에 정면으로 문제를 제기할 수준은 못 되었던 것입니다.

정치 구단 이성에겐 두 가지 선택지가 있었습니다. 한정효의 상소에 적극적인 지지를 표명하여 지도부와 일전 불사하는 것이 그 하나였고, 경쟁자인 이조좌랑이 비판하고 나서기 전에 한정효를 먼저 고발함으로써 대국적인 견지에서 지도부에 협조하는 모습을 보이는 것이 다른 하나였습니다. 이성은 후자를 택했습니다. 당수인 작은아버지에 대한 최소한의 인간적인 배려이기도 했고, 이보 전진을 위한 일보 후퇴이기도 했습니다.

이성의 전략은 성공했습니다. 두 달 반 사이 견고했던 판세에 미세하나마 균열이 생기기 시작한 것입니다. 이조 판서와 대사성에 남인과 소론 인사가 임명되자 청명당 지도부 노선에 반기를 드는 숫자가 눈에 띄게 늘어났던 것이지요. 한정효를 다시 불러들인 것은 이성이 아니었습니다. 그러한 분위기를 감지한 이조좌랑이 적극적으로 나서서 손을 썼기 때문이었습니다.

정리해 봅시다. 결과적으로 이성의 입장에서는 잃은 것이 하나도 없었습니다. 당 지도부의 노선에 오랜 벗까지 제물로 바쳐 가며 적극 협조했으니 지도부로서도 딴지를 걸고 싶어도 걸 수 없었고, 한정효 또한 초기엔 정신이 황폐해지는 끔찍한 기분에 사로잡혔으나 곧 냉정을 되찾아 유람을 즐겼으며, 즐거운 추리극에 몰두했으며, 남들이 부러워하는 청요직에 다시 복직했으니 이성더러 왜 그랬느냐고 따져 물을 수는 없었습니다. 그러는 사이 이성의 정치적 입장은 전보다 더 굳건해졌습니다. 손가락 하나 까딱하지 않고 얻을 것은 다 얻었으니 일석삼조의 효과적인 사례라 부를 만했습니다.

한정효는 씀바귀나물을 집어 먹습니다. 입맛을 자극하는 씀바귀나물을 씹으며 형의 그 쓰기만 했던 씀바귀나물을 떠올립니다. 쓰지 않은 씀바귀나물은 어쩌면 더 이상 씀바귀나물이 아닌지도 모르겠다는 이상한 생각이 머리 한 구석을 채웁니다.

씀바귀나물에 집중하느라 한정효는 이성의 다음 말을 듣지 못했습니다. 한정효가 엄습해 오는 불길한 기운에 고개를 들고 갸웃하자 이성은 방금 전에 했던 말, 한정효가 듣지 못했던, 혹은 흘려들었던 그 말을 토씨 하나 바꾸지 않고 반복합니다.

"지금쯤 엄택주는 도성 가까이까지 왔을 것일세."

"그게 도대체 무슨 말인가?"

"한 열흘 전쯤 자네 형에게서 편지를 받았다네. 자네를 많이 걱정하더군. 자네는 무척 똑똑한 사람이지만 가끔은 인정에 사로잡혀 일을 그르치는 경향이 있다면서 말일세. 하긴 그건 나도 이미 잘 알고 있던 것이지. 오래 전 그 일 혹시 생각나는가? 자네 집에서 함께 공부하는데 우리 둘 다 목이 말라 하인에게 시원한 막걸리 한 동이 사오라고 했던 그 일 말일세. 한 시간이 넘어서야 돌아온 그 하인 놈에게 자네는 훈계만 잔뜩 늘어놓았지. 그때 내가 없었더라면 아마 자네는 평생 그 못된 하인 놈의 수작질에서 벗어나질 못했을 것이네."

한정효는 아무 말도 하지 못합니다. 아니, 아무 말도 하지 않습니다. 일의 전모를 다 알고 있는 이성에게 결정을 내리기까지 생각할 시간이 필요했다는 궁색한 변명 따위가 통할 리 없습니다.

이쯤 되면 당신 또한 한정효가 엄택주에게 어떤 조치를 취하고 돌아왔는지 짐작할 것입니다. 엄택주의 긴 이야기를 들은 한정효는 하도 자주 반복되어 통속적으로 들리기도 하는 그 두 문장을 말했습니다. 가시오, 그 누구에게도 연락하지 마시오, 하는 그 두 문장을 말하곤 자리에서 일어섰습니다.

한정효는 그때 일을 속으로 깊이 후회합니다. 엄택주에게 지침을 내려준 걸 후회하는 게 아닙니다. 한정효는 엄택주가 가시오, 그 누구에게도 연락하지 마시오, 하는 그 두 가지 지침 내지 당부를 지키지 않을 것을 알았습니다. 그중에서도 첫 번째 지침 내지 당부는 절대 지키지 않으리라는 사실을 예감했습니다. 그럼에도 후속 조치 없이 I촌을 떠난 것은 설령 그렇더라도 문제를 제기한 자신만 물러서면 큰 문제는 없으리라고 유람객답게 낭만적으로 생각했기 때문이었습니다. 내세울 것 하나 없는 가문 출신 퇴임 관료의 과거에 진지하게 관심을 가질 이는 유배 아닌 유배 생활 동안 흥미 삼아 접근한 자신 말고는 아무도 없을 것이라고 생각했기 때문이었습니다. 물론 서울 땅에 들어선 후로는 자신의 결정을 후회하고 자책하며 미뤄 두었던 후속 조치를 언제 취할 것인지 혼자서 고민하기도 했습니다. 직속 상관 이성은 오랜 벗이기도 한 한정효에게 아예 명령을 내립니다.

"자네에 대해 약간은 실망했네. 이 사안은 자네가 생각한 것보다는 몇 배 더 중요한 사안일세. 계집종에게서 태어난 임금에게 은근한 비난과 압박을 가하기에 이보다 더 훌륭한 게 어디에 있겠는가? 노비 출신 관료인 엄택주의 이름이 나올 때마다 세인들은 같은 처지였던 임금에 대해서도 한두 번은 더 생각해 보겠지. 그렇다고 임금이 바뀔 것도 아니고 엄택주에 대한 처벌 또한 정해진 외길 수순이나 마찬가지이지만 그래도 한동안 웃고 즐기기에 이보다 흥미로운 사건이 도대체 어디에 있겠는가? 이는 하늘이 우리에게 내려 준 선물이란 말일세. 그러니 자네는 내일 임금에게 상소를 올리게. 쓸데없는 인정과 감상에 치우쳐 일을 그르치지 말고 사간원 정언으로서 반드시 해야만 하는 일을 하라는 말일세. 유람은 끝났으니 이제는 자네다운 자네로 돌아오란 말일세. 내 말 알겠는가?"

# 녹림당의 신화

꿈속에서 나는 늘 맵짜고 서슬 퍼런 도적입니다. 방구들을 뒤흔드는 요란하고 활기찬 꿈은 항상 똑같은 장면으로 시작합니다. 깊은 밤 나는 주인집을 몰래 빠져나와 사방을 한 번 둘러보고는 달리고 또 달립니다. 그믐달의 수줍고 가느다란 빛을 등불 삼아 검은 숲을 지나고 깊은 강을 지나고 헐벗은 벌판을 지나고 험악한 바위투성이 산도 지나 천혜의 고원에 자리한 검붉은 벽돌성에 도착합니다. 입을 크게 벌리고 두 눈을 부릅뜨고 장대 창으로 나를 가로막는 문지기에게 나는 으뜸가는 녹림당에서도 으뜸가는 도적이 되고 싶다고 대뜸 내 소원을 명함처럼 내밉니다. 문지기가 그놈 기개 한 번 대단하다며 껄껄 웃곤 창을 하늘에 대고 휘두르자 어느새 나는 성 안에 있습니다.

풍경은 볼 만합니다. 내 곁에는 나와 꼭 닮은 소년이 있고, 그 소년 곁엔 또 다른 소년이 있습니다. 내 앞뒤로도 소년이 있고, 소년의 앞

뒤로도 소년이 있습니다. 나를 닮은 소년들의 숫자는 하도 많아서 어리숙한 어림셈으로는 다 셀 수도 없습니다. 내 아름다운 경쟁자들인 소년들의 손에는 문지기가 들고 있던 장대 창이 있습니다. 그들을 부러워하기 무섭게 내 손에도 장대 창이 쥐어집니다. 누군가 맨 앞에서 하나, 하고 외칩니다. 소년들이 창을 앞으로 쑥 내밀며 하나, 하기에 나도 따라합니다. 창을 뒤로 빼며 둘, 하기에 나도 따라하며 눈으로는 구령을 붙이는 맨 앞 사람을 봅니다. 붉은 옷을 입은 커다란 몸집의 장수가 창술을 가르칩니다. 아마도 저 이가 두령일 것입니다. 나는 두령의 눈에 들기 위하여 열심히 창을 휘두릅니다. 두령은 두령입니다. 두령다운 두령은 곧 내 정성을 알아봅니다. 그래서 나는 제일 늦게 도착했으면서도 내 정성과 실력만으로 소년 도적단의 반장이 됩니다. 꿈속에서 승진은 참 쉽습니다. 열심히 창을 휘두르기만 하면, 잠을 덜 자고 밥을 덜 먹고 시간을 아껴 열심히 창을 휘두르기만 하면 저절로 좋은 자리로 갑니다. 그래서 나는 소년 도적단 부장이 되었다가, 양반집만 터는 의적단 부장이 되었다가, 역마만 훔치는 기마단 부장이 되었다가, 마침내 관아를 터는 최정예 도적단 부장의 자리까지 오릅니다.

수령이 뇌물을 가득 짊어지고 서울에서 새로 내려왔다는 소식을 듣고 가만히 있을 수 없어 인사 차 들러 귀한 물건을 잔뜩 털어 오던 날, 나는 낯이 익은 이를 길에서 만납니다. 나를 보자마자 도망가려는 이를 내 부하들이 붙잡습니다. 잡고 보니 나와는 참 인연이 많은 이입니다. 내 주인이 사냥개처럼 부렸던 노비, 같은 노비들에게 하도 악랄하게 굴어 우리들은 미친개로 불렀던 그 노비, 내가 도망가던 날에도 포기할 줄 모르고 이를 드러내며 질기게 뒤를 쫓았던 바로 그 노비입니다.

나를 알아본 미친개의 얼굴이 핼쑥해집니다. 놀라서 정신을 잃기 직전의 미친개를 부하들이 붙잡아 말에 태웁니다. 미친개는 달리는 말에서 똥개처럼 우워워 울부짖습니다. 살려 달라고, 잘못했다고 도살장에 끌려가는 겁먹은 개처럼 슬프게 울부짖습니다. 미친개는 아무래도 뭔가를 오해한 모양입니다. 나는 노비를 죽이지 않습니다. 사냥개가 되어 주인에게 온몸 바쳐 충성하는 노비라도 그 어리석은 개가 노비인 이상은 죽이지 않습니다.

나는 미친개를 내 처소로 데려갑니다. 표범과 곰 가죽으로 벽과 바닥을 장식한 내 훌륭한 처소에서 미친개에게 양 한 마리를 통째로 대접합니다. 미친개는 어리둥절한 표정을 짓지만 아무리 미친개라도 노비는 노비이기에 태어나서 처음 보는 음식을 뿌리치지 못하고 먹고 또 먹습니다. 그릇의 바닥이 뼈로 덮일 때까지 먹고 또 먹습니다. 나는 다 먹고 난 후에야 다시 자신의 처지를 떠올리고 꺼질 듯 한숨 쉬는 미친개에게 비단 오십 필을 줍니다. 의아한 표정을 짓는 미친개에게 이것은 주인에게 그 동안 바치지 못한 세공이라고 말합니다. 꿈인지 현실인지 진정인지 비아냥거리는 것인지 도무지 아무것도 모르겠다는, 너무 어리석어서 오히려 맑아 보이는 표정을 짓는 미친개에게 이로써 밀린 세공을 다 바쳤으니 나는 더 이상 주인집 노비가 아니라고 말합니다. 갚아야 할 빚이 없으니 이제 주인과 나는 대등한 관계라고 말합니다. 대등한 관계가 되었으니 내가 주인집에 있었을 동안 받았던 온갖 핍박을 순리에 따라 곧 돌려줄 거라고 말합니다. 그러니 너는 주인에게 살아서 영화를 누리려거든 이 비단 오십 필을 받는 즉시 꼬리가 빠지게 도망치는 것이 좋을 거라고 전하라고 말합니다.

할 말을 다 하고 줄 것을 다 준 나는 미친개에게 붉은 점박이 말한 마리를 선사합니다. 미친개가 말을 타고 성을 빠져나갑니다. 미친개답게 채찍을 휘두르며 달려갑니다. 나도 말을 타고 미친개의 뒤를 따라갑니다. 내 벗이나 마찬가지인 적토마를 타고 유유히 강산을 달리는 일은 정말로 좋습니다. 광풍이 매섭게 불어와도 나는 하나도 춥지 않습니다. 그건, 내 가슴속에서 꺼지지 않는 뜨거운 불이 활활 타오르고 있기 때문입니다.

꿈속에서 나는 늘 도적입니다. 시시한 양반으로 만족하며 사는 반석평의 헛된 꿈같은 것은 이제 더 이상 꾸지도 않습니다. 그렇기에 나는 잠에서 깨어난 뒤에도 울지 않습니다. 가슴속에서 타오르는 그 뜨거운 기운을 아침에 일어날 때마다 느끼면서 자유인으로서의 길고 좋은 하루를 시작합니다.

# 구름 위에 누워 하늘을 나는 법

이 지루한 글도 어느덧 막바지로 치닫고 있습니다. 빠름, 더 빠름, 더 더 빠름을 갖춰야 할 유일한 미덕으로 여기는 세태에 조금도 어울리지 않는 전신 마취를 해야 하는 수술을 세 번이나 받고도 살아남아 작동하는 286 컴퓨터급 느릿느릿한 전개에 당신은 나 몰래 고개 돌리고 감자주먹 날리며 치를 떨었을 것이고, 머릿속으로는 이미 수십 번 내 발목을 사뿐히, 사뿐히 악의를 가득 담아 지르밟고 또 밟았을 테니 지극히 사소한 내 명성 유지와 연약한 발목 보호의 차원에서라도 이제부터는 한정효의 정갈한 보고서 작성 방법을 본받아 꼭 필요하다고 여겨지는 이야기만 골라서 전하도록 하겠습니다.

오랜 벗 이성의 지엄한 명령을 받은 한정효는 날이 밝기 무섭게 후다닥 상소문을 작성해 올렸습니다. 그 상소문은 다음과 같은 몇 개의 문장으로 나눠서 읽을 수 있답니다.

197

첫째, 전 제주 판관 엄택주를 파직하고 다시는 서용(죄를 지어 관직에서 물러났던 사람을 다시 벼슬자리에 등용함)하지 말아야 합니다.

둘째, A현 관아의 노비였던 엄택주는 도망친 후 성명을 바꿔 과거에 급제했습니다.

셋째, A현에는 엄택주 부모의 무덤이 있습니다. 엄택주는 단 한 번도 찾은 적이 없으니 이는 절통한 일입니다.

넷째, 엄택주가 비록 미천한 자라 무식하기 그지없다고 해도 그가 벌인 일은 윤리에 심하게 어긋납니다. 부모를 배반하고 임금을 속인 죄를 다스리지 않을 도리가 없습니다.

다섯째, 엄택주를 잡아다가 엄히 따져 이 나라 법의 지엄함을 보여야 합니다.


비교적 간단한 이 상소문을 검토하는 과정에서 절친한 벗으로 간주되었던 한정효와 이성이 그들 생애 처음으로 짧은 논쟁 비슷한 장면을 연출했다는 이야기는 하고 넘어가야겠습니다.

한정효의 상소문 초안을 본 이성은 신윤중의 여동생 신씨녀의 죽음과 엄 진사의 아들 택주의 죽음에 관한 부분이 빠졌다고 냉정하게 지적했습니다. 엄택주가 직접적으로 그 두 사람을 죽였다는 증거는 없지만 어떤 식으로든 그 두 사람의 죽음에 연관된 것은 분명하니 의혹 제기의 차원에서라도 언급하고 넘어가는 게 좋겠다고 자신의 의견을 피력했습니다. 한정효는 이 부분에서 이례적으로 강하게 자신의 의견을 개진했습니다. 노비가 신분을 위조해 양반이 되려 했다는 그 문제적 사실 하나에만 집중하는 게 확실하지 않은 살인 혐의까지 넣어 본질을 흐리는 것보다는 훨씬 더 효과적일 것 같다고 주장한 것이지요. 이성이 그래도, 라고 대꾸하자 한정효는 그렇지 않네, 라는 말로 받았습니다. 직속상관 이성은 이마의 주름살은 풀지 않았지만 그래도 결단력 빠른 사람답게 고갯짓 한 번으로 오랜 벗 한정효의 완강한 의사를 받아들였습니다.

그렇다면 임금은 이 상소문을 읽고 뭐라고 답했을까요? 임금의 답은 짧았습니다. 그 짧은 답에서 임금이 가졌을지도 모르는 머뭇거림과 당혹스러운 감정(이성이 그토록 기대했던 것들)을 읽어 낼 방법은 없습니다.

"의금부로 하여금 엄히 조사하도록 하라."

의금부에서 어떤 식으로 엄히 조사했는지는 내 입으로 상세하게 말하지는 않겠습니다. 엄택주가 조사에 순순히 응했다면 그의 신체는 비교적 원형에 가까운 상태를 유지했을 것이고, 혐의를 쉽게 인정하지 않고 이 소리 저 소리 마구 해댔다면 그의 신체는 원형을 온전하게 보전하지 못했을 것입니다. 우리가 아는 엄택주의 강단 있는 성향으로 볼 때, 체포당하기를 차라리 기다렸다는 사실로 미루어 볼 때(그러니까 할 말은 하겠다는 마음을 먹은 것이므로), 아무래도 우아한 전자보다는 살벌한 후자 쪽이 유력하기는 하나(이 소리 저 소리 마구 해댔다는 표현은 좀 바꾸어야 하겠지만) 앞에서도 명확히 언급했듯 나는 월드 피스를 사랑하는 평화주의자인 만큼 그 당시 합법적이었던 피 터지고 살 깨지고 뼈 으스러지는 고문에 대해서 또 다시 옛글 인용해 가며 장황하게 언급할 생각은 티끌만큼도 없습니다. 그러니 그 부분은 그냥 뛰어넘기로 하고 서둘러 결론으로 넘어가겠습니다. 의금부에서는 약 두 달 후 엄택주가 자복한 내용을 문서로 정리해 올렸습니다. 임금은 이에 대한 자신의 소회와 조치를 특유의 훈계조 발언에 담아 다음과 같이 밝혔습니다.

첫째, 이만강의 일은 윤리에 관계된다. 나라가 제대로 돌아가고 사람이 사람 노릇하는 건 다 오륜이 있기 때문이다. 사람이 제 뿌리를 깨닫는 건 그중에서도 제일 당연한 일이거늘 어찌 성을 바꾸고 이름을 바꾸고 그 아비와 조부를 잊는단 말인가?

둘째, 처음부터 실력과 자질이 부족해 교서관에 발령을 받은 자이니 그 미래는 보나마나였다 하겠다. 얻은 게 별로 없으니 자기가 저지른 일을 실토한다고 해도 크게 손해될 게 없는데 그럼에도 거짓된 행동을 일관되게 유지하여 임금을 속였으니 완악한 그가 못 할 일이 도대체 무엇이겠는가?

셋째, 과거에 급제한 후 단 한 번도 부모의 무덤을 찾지 않았고, 동생과도 왕래한 적 없으니 이는 죽여도 아까울 게 없는 자다. 여러 대신들의 의견이 내 뜻에 꼭 맞는다.

넷째, 이후의 처리는 형조에 맡길 테니 서너 차례 엄한 형벌을 더 가하기를 바란다. 만약 살아남는다면 흑산도로 유배 보내라. 죽을 때까지 노비로 살아야 함은 물론이고, 대과 및 소과 급제자 명단에서 저 더러운 이름을 아예 삭제하도록 하라.

별로 토를 달 것도 없는 명확한 내용이지요. 기본적으로 임금은 이 문제를 길게 끌고 가는 것을 원하지 않았습니다. 임금 또한 바보가 아니었으므로 문제를 키워서 좋을 게 하나도 없다는 사실은 진작부터 알고 있었습니다. 그래서 임금은 노비가 과거에 급제해 관리로 등용되었다는 그 결정적인 문구를 되도록 직접적으로 언급하지 않은 채 서둘러 일을 마무리하려 한 것입니다(눈여겨봐야 할 점은 이즈음부터 엄택주라는 이름이 사라지고 이만강이라는 이름이 사용된다는 사실입니다. 이러한 전환이 뜻하는 바는 명확합니다. 과거 급제자인 엄택주가 아닌 노비 이만강이 처벌의 대상이 된 것입니다. 그러나 우리는 엄택주라는 이름이 상징하는 바를 잘 알고 있습니다. 하여 나는 임금의 뜻에 반하여 앞으로도 엄택주라는 이름을 계속 사용하고자 합니다).

그러나 임금의 발언을 자세히 분석해 보면 엄택주에 대한 안타까운 마음이 미미하기는 하나 확실히 드러납니다. 임금은 죽여도 아까울 게 없다는 대신들의 의견에 적극 동의한다고 했습니다. 막상 임금이 취한 조치는 유배형이었지요. 늙고 노련한 대신들은 임금의 마음을 이미 눈치채고는 이 모순에 대해 날카롭게 짚고 넘어가지 않았으나 물불 가리지 못하는 데다가 눈치 따위는 국에 말아서 마셔 버린 지 오래인 노론 청명당 젊은 관료들은 반짝이는 지성과 피 끓는 혈기의 소유자들답게 애매하게 얼버무린 부분을 절대로 놓치지 않았습니다. 보름 후 올라온 사헌부 지평의 상소가 그 증거입니다.

"이만강이 아비를 배반하고 임금을 속인 것은 천지 사이에 용납할 수 없는 죄입니다. 그 자의 목숨을 빼앗아 윤리가 살아 있음을 만천하에 밝히소서."

임금은 뭐라고 답했을까요? 속으로는 욕을 퍼부었는지 어쨌는지 모르겠지만 이번에도 답은 냉정하고 짧았습니다.

"이만강에게 내린 벌은 다 뜻이 있어서 그런 것이다."


이로써 길고 길었던 사건은 거의 다 마무리되었습니다. 엄택주는 임금의 마음이 화형과 압슬을 제외하기로 한 결정을 내렸을 때처럼 극적으로 변하지 않는 한, 어둡고 음침하기로 소문난 섬 흑산도에서 평생을 노비이자 유배객으로서 거주하게 되었습니다. 기구한 삶, 도주하는 삶, 숨어 사는 삶, 버티는 삶을 살았던 엄택주에게 딱 어울리는 우울하고 칙칙한 결말을 맞은 것이지요.

이제 끝이냐고요? 아직 다 끝난 것은 아니랍니다. 한두 가지 더 말할 거리가 있거든요. 그렇다고 비극적인 결말이 바뀌는 건 아니고요, 그저 약간의 반전 비슷한 내용이 조금 더 추가된다는 뜻입니다. 시시한 후일담이라는 뜻입니다.

약 일 년 후 타인의 언행에 유독 관심이 많은 사헌부 지평은 엄택주에 대한 상소를 다시 올립니다.

"죄인 이만강이 멋대로 섬을 떠나 서울을 왕래하고 있습니다. 이는 무엄한 짓이니 잡아다가 고문한 후 압송하게 하소서."

상소가 반갑긴 이번이 처음입니다. 우리는 올린 이의 분노가 그대로 느껴지는 솔직한 상소를 통해 엄택주가 유배의 형벌을 어떻게 받아들였는지 확인할 수 있습니다. 그는 보란 듯이 유배지를 빠져나와 서울에 모습을 드러냈습니다.

왕래라는 표현으로 볼 때 한두 번이 아니었음은 분명합니다. 나는 이를 참으로 엄택주다운 선택이라 자평하고 싶습니다. 흑산도에서 용케 탈출한 것도 엄택주답지만 벽지도 아닌 서울 한복판에 당당히 자신의 모습을 드러낸 그 과감한 행동 또한 지극히 엄택주답지요. 이 행동에 대해 나는 이렇게 생각합니다. 엄택주는 죄인으로 낙인찍힌 자신을 다시 잡아 가두라고 외치고 있는 것입니다. 다시 잡아 가두면 어떻게 될까요? 또 다시 탈출하겠다는 것입니다. 빠삐용보다도, 쇼생크 탈출보다도 더 직접적이며 과감하며 충격적인 방법을 택한 엄택주에게는 도대체 어떤 조처가 내려졌을까요? 유배지를 탈출한 건 중죄 중의 중죄이니 임금도 이번에는 젊은 청명당원들의 요구대로 엄택주를 사형에 처했을까요? 아니었습니다. 인자한 임금은 엄택주를 다시 잡아다가 유배지로 보내라고 했습니다. 다시는 도망치지 못하게 위리안치(유배된 죄인이 거처하는 집 둘레에 가시로 울타리를 치고 그 안에 가두어 두는 일)의 조처를 취하고 문 앞에는 덩치가 우람하고 눈매 날카로운 감시인도 한 명 몽둥이를 들려 세우라고 했습니다. 임금의 조처는 꽤 적절했던 것 같습니다. 그 뒤로 엄택주가 유배지에서 탈출해 종로나 남산이나 북악산 근처에 곰처럼 갑자기 출몰했다는 이야기는 더 이상 나타나지 않습니다.

이제 다 끝난 걸까요? 아닙니다. 엄택주가 이대로 유배지에서 생을 마감했다고 생각한다면 당신은 아직도 엄택주를 제대로 모르는 것입니다.

엄택주는 죽었습니다. 그러나 유배지가 아닌 서울에서 죽었습니다.

마지막으로 섬을 탈출한 지 약 구 년이 지난 후 엄택주는 또 다시 서울에 나타납니다. 그것도 서울 한복판 중의 한복판이라 할 궁궐에 말이지요. 제 발로 온 것은 아니고요, 친국을 받기 위해 끌려온 것입니다. 자애로운 임금은 이때 엄택주를 직접 심문했습니다. 엄택주가 중죄 중의 중죄인 반란죄를 지었기 때문입니다. 반란의 내용에 대해 자세히 설명할 필요는 없을 것 같습니다. 실제일 수도 있고 조작되었을 수도 있는, 우연과 기연이 수백 번 겹치기 전엔 도무지 실현 불가능해 보이는 내용으로 가득하니까요. 그 허술한 반란 사건에서 우리가 주목할 것은 엄택주가 연루되었다는 사실(엄택주는 반란 주모자들과 편지를 주고받았다고 합니다) 하나뿐이기 때문입니다. 임금이 나선

친국이니만큼 I촌에서 서울로 끌려온 이후 들을 수 없었던 그의 육성을 드디어 들을 수 있는 유일한, 마지막 기회이기 때문입니다. 엄택주는 시시한 변명 따위는 하지 않았습니다. 그는 자신이 반란에 가담했다는 사실을 기꺼이 인정한 후 목소리를 가다듬고 오랜 시간 준비한 티가 팍팍 나는 최후의 변을 발표했습니다.

"신에겐 재주가 있었으나 세상은 단 한 번도 그 재주를 인정하지 않았습니다. 아, 내가 배우고 아꼈던 모든 순진한 믿음은 헛것이었습니다. 측은지심도 다 거짓이며 우리 모두가 한 동포라는 말도 다 거짓입니다. 경전은 양반에게나 경전입니다. 노비에겐 그저 냄새 지독한 똥 덩어리뿐이지요. 왜 나는 그토록 자명한 사실을 모르고 경전을 향한 허황할 정도로 어리석은 믿음에 사로잡혀 나 또한 그 길을 갈 수 있다 여기며 일생을 허비했던 걸까요? 아, 아름다운 경전에 대한 믿음을 잃은 노비가 어두컴컴한 외딴 섬에서 길고 긴 암흑의 나날을 보내면서 한 생각이 도대체 무엇이겠습니까? 원망, 원망, 또 원망입니다. 나라, 임금, 세상 그리고 나 자신에 대한 원망, 원망, 또 원망입니다. 어차피 마지막이니 임금님께 충언 하나 올리겠습니다. 경전과 세상에 배반당한 나 같은 늙은이는 원망으로 생을 마감할 터이나 내 뒤에 오는 이들은 그러지 않을 것입니다. 땅과 하늘의 뜻을 떠받든 그들은 분노하고, 결집하고, 부수고, 뒤집고…….""

인자함 못지않게 신경증적인 기질 또한 여러 다발 보유하고 있는 임금은 자신과 국가, 거기에 성스러운 경전까지 대놓고 원망하는 무엄한 엄택주, 천생 양반다웠던 꼿꼿한 자세를 버리고 작심한 듯 상놈처럼 노비처럼 저주에 가까운 말이나 마구 내뱉는 엄택주에게 어떤 조치를 내렸을까요?(사실 엄택주의 발언이 내겐 좀 실망스러웠다는 점도 밝히고 싶습니다. 지나치게 직설적인 감정의 토로가 지금까지 살펴왔던 엄택주의 제법 멋진 모습들과는 잘 어울리지 않는 느낌이 드니까요. 하지만 고문 뒤에 나온 발언이라는 것을 감안은 해야겠습니다. 어쩌면 극심한 고통 속에서도 알아먹을 수 있는 문장을 구사한 것 자체가 기적이라고 보는 게 더 정확할지도 모르겠어요.)

이번엔 임금도 더 참지 않았습니다. 그래서 엄택주의 말이 끝나기도 전에 세게 치라는 명령을 내렸습니다. 죄인 주제에 할 말 못할 말 가리지 않고 내뱉는 정신 나간 놈을 치고, 치고, 또 치라고 했습니다. 단단한 기계라도 그렇게 얻어터지면 고장 나지 않고는 못 배겼을 것입니다. 엄택주는 기계가 아닌 사람이지요. 그래서 맞고, 맞고, 또 맞은 엄택주는 죽었습니다. 기록을 그대로 옮기자면 물고되었습니다. 고문을 받다가 죽었다는 뜻이지요.

엄택주가 친국을 받기 전날 밤 두 사람이 약간의 시차를 두고 옥에 갇힌 그를 찾아왔다는 사실을 밝혀야겠습니다. 둘 중 늦게 온 한 명은 정사품 세자시강원 필선 한정효였습니다. 한정효는 실무 지향적인 관료답게 인사 따위는 다 생략하고 곧바로 귀한 안동소주 한 잔을 따라 주었고, 엄택주 역시 아무 말 없이 그 잔을 비운 후 돌려주었습니다. 한정효는 스스로 술을 따라 마시고는 엄택주에게 물었습니다. 떠나라는, 연락도 하지 말라는 자신의 말을 그때 왜 듣지 않았는지 물었습니다. 사실은 답을 다 알고 있으므로 질문이라기보다는 한탄, 원망, 투정, 미련에 더 가까운 한정효의 그 말에 엄택주는 뭐라고 했을까요? 숨 쉬는 법에 대한 특강으로 답했습니다.

"코끝에 보이는 흰 점을 응시하는 수행법이 있습니다. 마음을 비우고 얼굴은 평온하게 한 후 고요함이 극에 달하면 숨을 내쉽니다. 봄날 연못의 물고기처럼 말입니다. 내쉼이 극에 달하면 숨을 들이마십니다. 백 마리 벌레가 웅크리듯 말입니다. 이 수행을 반복하게 되면 천지와 나는 하나가 됩니다. 구름 위에 누워 하늘을 나는 일은 내가 감히 말할 수 있는 게 아닙니다. 그러나 또 누가 알겠습니까? 전력을 다해 수행하면 일천 이백 살까지도 고요하게 살아갈 수 있을지 또 누가 알겠습니까? 숨을 헐떡대며 달아나기엔 너무 늙었으니 침묵의 수행자나 되고 보아야 하겠지요."

한정효는 조만간 죽을 것이 분명한 사람의 요령부득인 대답에 아무 말도 하지 않았습니다. 고개를 끄덕여 동의를 표시하지도 않았고 고개를 저어 무슨 말인지 하나도 모르겠다는 표시도 하지 않았습니다. 그저 가만히 있었을 뿐입니다. 연못에서 조는 물고기처럼, 방구석에서 웅크리고 자는 종벌레처럼 말이지요.

한정효는 가만히 앉아 엄택주가 술을 비우는 것만 지켜보다가 텅 빈 술병을 들고 자리에서 일어났습니다. 그가 만났던 가장 양반다운 양반, 즉 천생 양반인 엄택주에게 마지막으로 허리 깊이 숙여 인사하고 돌아섰습니다. 엄택주가 조용한 목소리로 한정효를 불러 부탁 한 가지를 했습니다. 한정효는 아무런 대꾸도 하지 않았습니다. 그러자 엄택주는 어두운 하늘을 보며 이렇게 말했습니다.

"저 하늘에 천주가 있기는 하오? 천국이라는 것이 있기는 하오?"

그 엉뚱한 질문을 들은 한정효는 뭐라 답했을까요? 죽음을 앞둔 이의 질문이니만큼 꾹 참고 성심성의껏 답했을까요? 답을 하기는 했습니다. 그러나 한 마디로 동문서답이었지요. 한정효는 무척 조용한 목소리로 이렇게 말했답니다.

"내 분별 없었던 호기심이 일을 여기까지 오게 만들어 버렸습니다."

앞뒤 좌우 어느 쪽에서 보고 들어도 사과임에 분명한 그 말에도 하늘을 향한 엄택주의 고개는 꿈쩍하지 않았습니다. 별을 보는 것인지, 별똥별을 찾는 것인지, 천국을 찾는 것인지, 올빼미를 찾는 것인지, 아니면 그저 억울한 심사를 자기 마음대로 마구 표출하는 것인지 우리로서는 알 수도 없는 일이겠지요. 갑자기 말과 동작을 멈춘 상대에게 무슨 말인가를 더 붙이려던 한정효는 고개 한 번 획 젓더니 뒤 한 번 돌아보지 않고 그대로 옥을 떠났습니다.

아, 글을 완전히 마무리 짓기 전에 추신 삼아 지극히 사소한 사항 두 가지만 더 말하고 싶습니다.(질질 끌어서 죄송합니다!) 한 가지는 엄택주와 재회했을 당시 한정효의 용모입니다. 반듯한 이목구비의 보유자였던 한정효는 십 년 새 많이 변했습니다. 이마와 턱은 넓어졌고 볼은 두툼해졌습니다. 어찌 보면 당연한 일이겠지요. 강산이야 늘 의구하고 청동 거울은 닦으면 닦을수록 반질반질해지는 법이지만 물렁물렁한 사람의 얼굴은 나이를 먹으면 먹을수록 흉해지기 마련이니까요. 금속 거울보다 훨씬 못한 게 인간의 얼굴이니까 뭐 이상할 건 하나 없겠지요.

아, 그렇다고 외모의 변질이 꼭 나쁘고 안타깝다는 의미는 아니랍니다. 한정효가 예전처럼 이성과 가깝게 지내지 않음에도 요직을 차지하고 있는 건 후덕하게 변한 그 외모 덕분일 수도 있겠다는 생각이 문득 드니까요. 물론 논리적인 근거는 전혀 없답니다.

다른 한 가지는 비류천이 잘 보이는 언덕에 새로 생긴 무덤입니다. 그 무덤이 누구의 무덤인지 나는 잘 모릅니다. 내가 아는 것은 단 하나, 물고된 엄택주의 시신이 시구문을 빠져나가던 어두운 밤, 한정효가 수문장인 양 그곳에 버티고 서 있었다는 것뿐입니다. 이제는 두툼해진 모가지를 두 손으로 수도 없이 주물럭거리면서 말이지요. 한정효가 왜 거기 있었는지, 목 마사지는 왜 그리도 열심히 했는지 내가 알 도리는 없습니다.

변한 용모와 새로 생긴 무덤이라니, 내 말대로 둘 다 사소하기 그지없는 것들이지요? 그렇습니다. 이미 말했듯 몰라도 되는, 알아도 별 도움이 되지 않는, 그저 가십거리에 지나지 않는 그저 그런 허접한 사실들, 긴 이야기의 잔 부스러기일 뿐이지요.

# 내 이름

동지들과 한 약속에 늦지 않기 위해 서둘러 걷던 중이었습니다. 저 앞 진창에서 피골이 상접한 말 한 마리가 버둥거렸습니다. 말에 탄 양반은 떨어지지 않기 위해 애를 썼고, 시동은 말을 끌어내기 위해 온 힘을 다했습니다. 그러나 빼빼 마른 시동의 능력으로 말과 주인을 위기에서 구해 내기란 난망해 보였지요. 그래서 급한 걸음을 멈추고 그들에게 다가갔습니다. 정확히 말하자면 주인을 구하기 위해서가 아니라 말과 시동을 돕기 위해.

말고삐를 잡아당기다가 양반의 얼굴과 마주쳤습니다. 웬만한 일에는 놀라지 않게 된 나도 그 순간엔 놀라서 자빠질 뻔했습니다. 세상이란 놈은 가끔 이상한 장난을 칩니다. 그놈은 내 주인이었습니다. 유유상종의 친구와 공모해 내 바지를 벗긴 후 기둥에 묶었던 그 나쁜 주인이었습니다. 그 두 놈에게 받았던 모욕은 죽는 날까지 잊을 수 없을 것입니다.

아니, 다시 말해야 하겠습니다. 그는 내게 갈 길을 알려 준 더 없이 좋은 주인이었습니다. 주인의 악행이 아니었다면 나는 아직도 주인집에서 하루 종일 손 비비고, 고개 숙이고, 발이 부르트도록 바쁘게 뛰어다니며, 반석평이 등장하는 꿈으로만 위안 받으며 살고 있을 테니까요. 주인은 전에 내가 한 번도 보지 못했던 비굴한 웃음을 지으며 도와주시오, 도와주시오, 만 반복해 말했습니다. 나는 그 얼굴을 외면하고 말고삐 잡은 손에 힘을 주었습니다.

진창에서 빠져나온 것을 확인한 주인은 말에서 내려 인사를 했습니다. 나는 또다시 깜짝 놀랐습니다. 십 년 새 주인은 중늙은이로 변했습니다. 기껏해야 마흔도 안 되었을 텐데 이빨도 두세 개는 빠졌고 얼굴엔 주름이 자글자글했습니다. 입고 있는 옷도 형편없었습니다. 흰 도포는 누렇게 변했고 군데군데 구멍도 났습니다. 영락한 신세라고 온몸에 써 붙이고 자랑해대는 꼴이었습니다.

나는 주인을 알아보았지만 주인은 나를 알아보지 못했습니다. 주인은 마치 상전 대하듯 내게 허리를 연신 굽신 또 굽신하며 거짓으로 가득한 허황한 자기 자랑, 즉 자신의 팔촌 형이 이조 판서를 지낸 박 아무개며, 팔촌 형의 처 외삼촌은 형조 참판을 지낸 김 아무개며 하는 소리를 내뱉었습니다. 나는 주인이 왜 그런 헛소리를 하는지 압니다. 주인은 강한 자에게 약하고 약한 자에게 강한 자입니다. 헌헌장부인 내 모습에 압도되어 저도 모르게 비굴의 극단을 택해 걸고 있는

것입니다. 빌붙으면 뭐라도 나오지 않을까 하는 치졸한 본능만 믿고
이 소리 저 소리 마구 해대고 있는 것입니다. 발길질로 주인의 더러운
입을 막아 주고 싶었습니다. 따귀라도 한 대 갈겨 정신이 들게 해 주
고 싶었습니다.

그러나 나는 그러지 않았습니다. 나는 선생처럼 빙긋 웃었습니다.
좋은 가문의 자손과 이야기를 길게 나누고 싶으나 꼭 지켜야만 하
는 약속이 있어서 이만 가야겠다고 정중하게 말했습니다. 주인은 아
쉬운 듯 혀를 쩝쩝거리며 그렇다면 이름이라도 알려달라고 했습니다.
이름! 나도 모르게 하늘을 쳐다보았습니다. 마지막으로 보았던 선생
의 모습, 며칠 전에 보아서 아직 생생한 선생의 모습이 떠올랐습니다.
선생은 웃었고 나는 울었습니다. 옥에 갇힌 건 선생인데, 죽음을 앞
둔 건 선생인데, 선생은 환하게 웃었고 나는 구슬프게 울었습니다.
선생은 그 옛날처럼 훌륭한 시 한 편으로 여전히 아이 같은 나를 깨
우쳐 주었습니다.

입 있어도 말 한 마디 못 하고
눈물 있어도 흘리지 못하네.
베개를 만지며 남의 눈을 두려워하고
소리 죽여 눈물 꼭 삼키네.
잘 벼린 날카로운 칼로
내 응어리 풀어 줄 사람 그 누구일까?

그 시는 선생의 유언이자 마지막 명령이 되었습니다. 그래서 지금 나는 지난 십 년간 온 힘 다해 모아 왔던 동지들을 만나러 가는 것입니다.

아, 이름! 이름! 이름!

나는 올빼미란 올빼미는 다 사라지고 없는 유난히 깨끗하고 쓸쓸한 하늘을 잠깐 바라본 다음 내 이름 알기를 그토록 원하는 주인에게 유서 깊은 이름, 아름다운 이름, 듣기만 해도 내 가슴속 불을 활활 타오르게 하는 그 뜨겁고 고결한 이름을 또박또박 알려 주었습니다.

내 이름은 엄택주입니다.

## 작가의 말을 대신하여

 엄택주 혹은 이만강이라는 이름은 강명관 선생이 쓴 《이 외로운 사람들아》에서 처음 발견했습니다. 그 뒤로 많은 책을 읽었습니다. 꽤나 긴 독서 목록을 여기에 제시하고 싶으나 가진 게 시간뿐인 작가가 책 많이 읽은 게 대단한 자랑거리도 아니기에 이 글을 쓰면서 빈번하게 참조했던 책 몇 권만 제시하고자 합니다.
 노비 제도에 대한 정보는 제임스 B. 팔레가 쓰고 김범이 옮긴 《유교적 경세론과 조선의 제도들》에서 주로 얻었습니다. 노비들에 관한 일화 내지 견해는 이익이 쓰고 김대중이 편역한 《나는 모든 것을 알고 싶다》, 강명관이 쓴 《성호, 세상을 논하다》, 유몽인이 쓰고 신익철 등이 옮긴 《어우야담》에서 주로 얻었습니다. 천주교에 대한 지식은 김선희가 쓴 《마테오 리치와 주희, 그리고 정약용》에서 주로 얻었으며 신후담이 쓰고 김선희가 옮긴 《하빈 신후담의 돈와서학변》도 참조했습니다. 시는 김학주가 쓴 《새로 옮긴 시경》을 참조하되, 많은 부분을 고쳐서 사용했습니다. 이황이 쓰고 박상주가 옮긴 《고경중마방》에 나오는 글들을 장 제목으로 활용하되, 고쳐서 사용했습니다. 《논어》《맹자》《서경》 등은 여러 출판사에서 나온 책을 두루 참조했으므로 따로 인용서를 밝히지 않습니다.

마지막으로 당신에게 묻고 싶은 것은 다음과 같습니다.
우리는 지금 정말로 자유로우냐는 것입니다.
우리는 노비가 아닌 자유민이냐는 것입니다.
조선의 악명 높았던 노비 제도는 과연 역사 속으로 완전히 사라졌느냐는 것입니다.

시간 날 때마다, 아니 일부러 시간을 내서 깊이 생각해 보시길.

설흔

**주니어김영사 청소년 문학 11**
## 나는 가짜 엄택주입니다

1판 1쇄 발행 | 2016. 10.  4.
1판 2쇄 발행 | 2017.   7. 18.

설흔 지음

**발행처** 김영사
**발행인** 김강유
편집 김보민  디자인 김순수
등록번호 제 406-2003-036호
등록일자 1979. 5. 17.
주소 경기도 파주시 문발로 197(우10881)
전화 마케팅부 031-955-3100  편집부 031-955-3113~20
팩스 031-955-3111

값은 표지에 있습니다.
ISBN 978-89-349-7601-1  43810

좋은 독자가 좋은 책을 만듭니다. 김영사는 독자 여러분의 의견에 항상 귀 기울이고 있습니다.
독자의견전화 031-955-3139 | 전자우편 book@gimmyoung.com | 홈페이지 www.gimmyoungjr.com
어린이들의 책놀이터 cafe.naver.com/gimmyoungjr | 드림365 cafe.naver.com/dreem365

이 도서의 국립중앙도서관 출판시도서목록(CIP)은 서지정보유통지원시스템
홈페이지(http://seoji.nl.go.kr)와 국가자료공동목록시스템(http://www.nl.go.kr/kolisnet)에서
이용하실 수 있습니다. (CIP제어번호 : CIP2016022461)

### 어린이제품 안전특별법에 의한 표시사항

제품명 도서  제조년월일 2017년 7월 18일  제조사명 김영사  주소 10881 경기도 파주시 문발로 197
전화번호 031-955-3100  제조국명 대한민국  ⚠주의 책 모서리에 찍히거나 책장에 베이지 않게 조심하세요.